書下ろし

初代北町奉行 米津勘兵衛②

満月の奏《そう》

岩室 忍

JN100318

祥伝社文庫

目次

第一章　牛込《うしごめ》の辻斬《つじぎ》り

慶長《けいちょう》十一年（一六〇六）の年が明けた。

前年、九月十五日の八丈島《はちじょうじま》の大噴火、同じく十一月の浅間山《あさまやま》の噴火の傷跡は未だ癒《い》えてはいなかった。

そんな中、駿府城《すんぷじょう》にいた大御所徳川家康《とくがわいえやす》が、正月の挨拶《あいさつ》を受けるため暮れに江戸へ出てきた。家康はどこにいても鷹狩《たかが》りが大好きで、ことに少し太り始めてからは鷹狩りに積極的だ。

家康は太りやすい質《たち》で、体を動かさないとすぐ太って体を重く感じる。そんな時は戦と同じで何日も鷹狩りに出る。

「脂《あぶら》がたまって敵《かな》わぬな！」

近習《きんじゅ》にそんなことを言う。

家康が狩りをする狩場《かりば》は常には禁猟《きんりょう》になっていた。

そうすることによって、猟場には獲物の種類も数も多くなりおもしろい狩りができる。獲物が少ないとがっかりだ。

江戸近郊にはそういう狩場が幾《いく》つもある。

家康が好きなのは薬草の調合と鷹狩りだった。

薬草の調合は「飲んでみろ」と言われ、無理やり拝領《はいりょう》させられることがあり危険だ。

家康が足利学校《あしかががっこう》の庠主《しょうしゅ》（校長）三要元佶《さんようげんきつ》から学んだ薬草学は本格的で、多くの大名が家康の怪《あや》しげな薬を有り難く頂戴《ちょうだい》していた。

というより有り難く拝領しなければならないと言った方が正しい。なにしろ、将軍が自ら調合した有り難い薬なのだ。

それを飲んで死んだなどという噂《うわさ》まである。危険な薬だ。

鷹狩りはそういう心配はない。

家康が何年も休ませて獲物の数を増やしている江戸近郊に鷹狩りに出た。

ところが、禁猟にしてあるはずの猟場に、狩猟罠《しゅりょうわな》が仕掛けられているのが発見されたのだ。

「この罠を許したのは誰だ！」

「密猟では？」

「馬鹿者ッ、すぐ調べろッ！」

何年も禁猟にして楽しみにしてきた猟場が荒らされていて家康は激怒した。

「戻るぞッ！」

荒らされた猟場で狩りなどできないというのだ。

家康の怒りにすぐ、密猟なのかそれとも誰かが許可したのか調べられた。すると内藤修理亮清成《ないとうしゆりのすけきよなり》と青山常陸介忠成《あおやまひたちのすけただなり》が許可したと判明した。

即刻、内藤と青山の二人は関東《かんとう》総奉行を罷免《ひめん》になった。

切腹を命じられそうになり、老中本多正信《ろうじゆうほんだまさのぶ》のとりなしで切腹は免《まぬが》れ、将軍秀忠《ひでただ》から蟄居謹慎《ちつきよきんしん》を命じられた。だが、これには裏があり、本多正信が謀略《ぼうりやく》で政敵を追い落としたのだという。

内藤清成と青山忠成は秀忠の傅役《もりやく》から出世し、関東八州奉行、関東総奉行、江戸町奉行、老中へと上った。

清成は天正《てんしよう》十八年（一五九〇）九月のこと、家康の鷹狩りに供をした際「馬で乗り回した土地をすべて与える」と言われ、広大な土地を白馬で一気に駆け回って家康のもとに戻ると、馬が直後に倒れて息絶えた。

その馬のおかげで清成は広大な土地を手に入れた。

それが四谷《よつや》から代々木《よよぎ》村までの二十万坪ほどだった。

その後、江戸から高井戸宿《たかいどじゆく》までが遠すぎるということで、その中間に新しい宿《しゆく》場《ば》をつくることになり、清成は二十万坪の半分以上を返還した。

そこにできた新しい宿場が内藤新宿《ないとうしんじゆく》である。

青山忠成も内藤清成と同じように赤坂《あかさか》から原宿村《はらじゆくむら》、上渋谷村《かみしぶやむら》まで広大な土地を拝領した。その地を青山と呼ぶようになった。

狩場の件で青山忠成はすぐ蟄居が赦免《しやめん》され一万石が加増されるが、内藤清成は二年後に死去する。

この頃既に、幕府内には大御所家康に近い本多正信などと、将軍秀忠に近い内藤清成や青山忠成たちとの間に確執《かくしつ》が生じていた。

権力とは厄介《やつかい》なものなのだ。

大御所と将軍の二頭体制だからどうしても確執が起きる。

狩場問題はその一つだった。

米津勘兵衛《よねづかんべえ》を北町奉行に抜擢《ばつてき》したのは家康だが、勘兵衛は秀忠のお使番《つかいばん》で近《きん》侍《じ》してきたため厄介な立場だった。

町奉行としては大御所家康より将軍秀忠に近いと言える。

だが、政治的には中立を保っていた。勘兵衛は江戸の町奉行で充分、それ以上権力に近づこうという気はない。

将軍秀忠は天下のことで忙しい大御所から、その権力を少しでも移行させたい。なんとも微妙な関係なのだ。将軍として当然だった。

その将軍がいよいよ江戸城の天下普請《てんかぶしん》に手をつけた。各大名に普請の割り当てをする大々的なものだ。

その目的は各大名が蓄財をしないようにするためだ。軍資金さえなければ幕府に反抗することはないという考えからだった。

この政策は天下普請で大名に黄金を使わせることで、必要なものはすべて大名の自前なのだから莫大《ばくだい》な費用を必要とする。

家康に領地を安堵《あんど》してもらったのだから、幕府にお手伝いをするのは当たり前だという考えからだ。

あちこち多くの天下普請が終わると、今度は参勤交代《さんきんこうたい》という制度で幕府は大名に浪費させる。

この幕府がつぶれるのは幕府に軍資金がなくなり、逆に九州《きゅうしゅう》の端である薩摩《さつま》が、坊津《ぼうのつ》で密貿易をして莫大な軍資金を手に入れるからだ。

天下普請は江戸城、名古屋城《なごやじょう》、大阪城《おおさかじょう》、高田城《たかだじょう》、駿府城、伊賀上野城《いがうえのじょう》など十三城、河川《かせん》は日比谷入江《ひびやいりえ》埋立《うめたて》、神田川《かんだがわ》、京橋川《きょうばしがわ》、安倍川《あべかわ》、木曽川《きそがわ》など、神社は岐阜南宮大社《ぎふなんぐうたいしゃ》などで行われた。

江戸城の天下普請は慶長八年（一六〇三）、十一年（一六〇六）、十二年（一六〇七）、十六年（一六一一）、十九年（一六一四）と行われ、元和《げんな》四年（一六一八）、六年（一六二〇）、八年（一六二二）、寛永《かんえい》五年（一六二八）、十二年（一六三五）、十三年（一六三六）と続き、万治《まんじ》三年（一六六〇）にようやく終わる。

それによって巨大な江戸城とその城下ができあがるのだ。

江戸城は徳川家が作った城ではない。

全国の大名が私財を投入して作り上げた城なのだ。

仕事場が割り当て分担で、各大名家の兵や職人や人足が江戸にあふれ、江戸の人口が急に膨張《ぼうちょう》した。魚や野菜が目に見えて足りなくなった。

安房《あわ》や下総《しもうさ》からも、江戸湾を超えて続々と物が運ばれてきた。江戸の周辺の村々からも色々なものが入ってくる。

物だけでなく人も続々と集まってくる。

忙しいのは町奉行所だ。

小さないざこざが絶えず、人が集まるとつきものなのが喧嘩《けんか》だ。江戸は男だけが急に増えて殺気立っている。

江戸城下は猛烈な勢いで拡大していた。

何《な》んでも商売になり何んでも飲み込む、江戸はまるで悪食《あくじき》、如何物食《いかものぐ》いの怪物になりつつあった。人口では既《すで》に京《きょう》や大阪を抜きつつあった。

その発展があまりにも速く何もかもが間に合わない。京や大阪、江戸の周辺などから何んでも調達し消費するだけの町が江戸だ。

江戸の発展は家康の構想によって日本橋《にほんばし》、京橋、神田から始まった。

本来は江戸の下町とはこの三つの町を言う。江戸っ子とはこの三つの町で三代続くことだった。

江戸でもっとも多い商売は呉服関係の店で、着物は高価なものから襤褸《ぼろ》きれまで何んでもあった。

逆に貧弱だったのが食い物屋だった。人が多いわりに精々、菜飯や煮物飯ぐらいなものしか売っていない。

ずいぶん後になって蕎麦《そば》とか天ぷらとか寿司《すし》とかうなぎのかば焼きなどが出現

することになる。

食い物屋が貧弱な最大の理由は、江戸では酒が造られなかったことだ。

水が良くないのか良い米がとれないのか、最も早く発展しそうなものだが酒は作られない。

下《くだ》り物といって京や大阪方面から運ばれてくるため非常に高価だった。

江戸の近郷近在《きんごうきんざい》から濁《にご》り酒《ざけ》は入ってきたが、下り物の清酒《すみざけ》とは比べ物にならない。腹が膨《ふく》れるだけで美味《うま》いとは言えない。

庶民が気軽に美味い酒が飲めるようになるのはずいぶん後になってからだ。

酒が飲めるようになると、それに伴って美味い肴《さかな》が造られ、贅沢《ぜいたく》な料理などが次々と発達する。

酒の食文化に果たす役割は実に大きい。

そんな江戸では事件が尽きない。

男ばかりで殺伐《さつばつ》とした江戸では、喧嘩と辻斬《つじぎ》りが多かった。戦いがなくどうしても試し斬りをしたいということなのだ。

またしても、牛込《うしごめ》に辻斬りが出た。

辻斬りは江戸の名物のように多発していたが、連続となると少なく、今度の辻斬りは胴抜《どうぬ》きの辻斬りといわれ、横一文字に胴を斬る鋭い剣だった。

「また、狂犬が出おったか？」

「はい、左から右に胴を抜きます。三人とも同じ太刀筋にて斬られました」

「腕がいいということだな？」

「はい、傷口を見ましたが、深い傷で一撃にございます」

「そうか、やはり返り討ちにするしかないだろう」

「そう思います」

望月宇三郎《もちづきうさぶろう》は前年と同じように、返り討ちにして闇《やみ》に葬《ほうむ》るしかないと思う。

「同じ手でいくか？」

「はい、そのように考えておりました。捕らえることは難しいかと思います」

「うむ、いいだろう。慎重にやれ！」

与力の長野半左衛門《ながのはんざえもん》と一刀流の達人青田孫四郎《あおたまごしろう》の二人に、宇三郎が勘兵衛の闇に葬れとの意向を伝えた。

「やはり……」

「お奉行は、今回の辻斬りも、前回と同じように旗本であろうと見ておられるのだ」

「発覚すればお家断絶？」

「そういうことです」

「わかりました。そうしましょう。捕らえずに斬り捨てます」

青田孫四郎は傷口を見てかなりの腕だと思っていた。一対一の勝負で倒すには容易ではない。前回も二人がかり、四人がかりで倒した。

「一人で戦うのは容易ではないな」

「見廻《みまわ》りはやはり二人一組がいいだろう。早く始末しないと犠牲が増えるだけだ」

半左衛門は早い決着を考えた。

その夜、牛込に一刀流の四人が派遣された。

青田孫四郎が指揮を執る。木村惣兵衛《きむらそうべえ》、林倉之助《はやしくらのすけ》、朝比奈市兵衛《あさひないちべえ》が揃《そろ》って牛込に入り、青田と朝比奈、木村と林の二組にわかれた。

牛込は大宝《たいほう》元年（七〇一）に牛牧場が設けられたことに始まる。馬牧場は駒《こま》込《ごめ》、馬込《まごめ》として名前が残った。

牛込は江戸期にもっとも発展し、牛込弁財天《べんざいてん》町、牛込若松《わかまつ》町、牛込早稲田《わせだ》町、牛込袋《ふくろ》町、牛込御簞笥《おたんす》町、牛込肴《さかな》町、牛込天神《てんじん》町、牛込五軒《ごけん》町、牛込榎《えのき》町、牛込中里町《なかざとまち》など七十町ほどに広がる。

北条《ほうじよう》家の牛込城があったが、家康が入府《にゆうふ》して廃城になり、神田光照寺《こうしようじ》が移転してくることになるが、四十年も後のことで、今は大名屋敷や旗本の屋敷ができ、町家も点々とでき始めていた。

神楽坂《かぐらざか》というのは元和二年（一六一六）に江戸城を拡張した時、将門塚《まさかどづか》の傍《そば》から津久戸明神《つくどみようじん》を牛込方面に移すことになった。

ところが神輿《みこし》が重くて坂を上らない。

そこで神楽を奏《そう》すると神輿が坂を上って行ったという。以来、神楽坂という。

津久戸明神は築土八幡《つくどはちまん》神社の傍に移転する。

辻斬りが出てからは人通りが途絶えて静かな町に変貌《へんぼう》している。

「出るか？」

「神楽坂の辺りだというが、もう少し先か？」

独り言を言い市兵衛が左手で太刀の鯉口《こいぐち》を握り、いつでも抜ける構えで孫四郎の前四、五間（約七・二〜九メートル）ほどを歩いた。まだ牛込門はなく、広い道が原っぱのようだ。

辻斬りを誘うように道の左に寄って、ボーッと暗い提灯《ちようちん》を下げている。足元だけが少し明るく袴《はかま》で武士だとわかるように。

「左の百姓家の軒下か、木の裏か？」

市兵衛は強烈な殺気を感じたが、足を止めないで暗闇の中の殺気に近づいていく。二間（約三・六メートル）ほどに近づいた瞬間、百姓家と大木の間の闇が動いた。

「シャーッ！」

妙な気合声がして白い太刀が見えた。

市兵衛は提灯を投げると同時に太刀を抜いた。辻斬りが提灯を斬った隙《すき》に辻斬りの胴を狙《ねら》って斬りつける。

それを辻斬りが弾《はじ》いた。

市兵衛は二の太刀を狙ったが、辻斬りは一瞬早く上段から斬りつけてきた。強い。市兵衛が二、三歩下がって中段に構えて間合いを取った。

そこに辻斬りが鋭く踏み込んできた。

斬られると思った瞬間、鋭く呼子《よびこ》が鳴った。辻斬りが呼子に気を取られる。市兵衛が辻斬りの剣を跳《は》ね上げた。

「ピッ、ピーッ！」

呼子を吹いた青田孫四郎が駆けつけた。辻斬りは顔の下半分を布で隠している。市兵衛の傍で孫四郎が剛刀《ごうとう》を抜いた。

二対一、無言の戦いだ。

辻斬りは奉行所の役人だとわかっても逃げない。戦いを楽しんでいるような不気味さがある。二人は左右から辻斬りを挟《はさ》んだ。

辻斬りが「クックックッ……」と笑ったように思う。

何んとも不気味な男だ。

二人に挟まれても慌てる様子がない。

辻斬りが孫四郎に威圧を感じたのか狙いを定めて攻撃する。二度、三度と孫四郎に斬りつけるが、孫四郎は辻斬りの剣を弾くたびに後ろに下がる。

強い辻斬りに用心して惣兵衛と倉之助が駆けつけるのを二人が待つ。役人を恐れていない嫌《いや》な相手だ。

四対一の戦いにすれば有利だ。

辻斬りが孫四郎に斬りつけると、後ろから市兵衛が辻斬りを斬ろうと仕掛ける。一進一退の戦いだ。

辻斬りは慌てず落ち着いたいい太刀筋で強い。

そんな剣客《けんかく》がなぜ辻斬りなどをするのだと思う。

じりじりと孫四郎に迫ってくる。

辻斬りは孫四郎との間合いを詰めながらも、後ろから挟んでいる市兵衛の動きを見逃してはいない。市兵衛も結構強い剣士なのだ。

「シャーッ！」

孫四郎の胴を辻斬りの一撃が襲った。それを剛刀が跳ね返すと火花が散る。鋭い踏み込みを跳ね返すのでいっぱいだ。

そこに木村惣兵衛と林倉之助がバタバタと走ってきた。二人は既に抜刀している。

「神妙《しんみょう》にしろッ！」

倉之助が叫んだ。

「クックックッ……」

辻斬りの喉《のど》が鳴る。笑っているのか。

四人に囲まれては、さすがの辻斬りも不利だ。じりじりと松の大木の根元に追いつめられた。するとその時、道の反対側から三人の武士が走ってくる。

辻斬りの仲間だ。

辻斬りの仲間が無言で太刀を抜いたが、三人は辻斬りよりだいぶ腕が落ちる。

「来いッ！」

倉之助が構える。四対四の戦いになる。

「おのれッ！」

仲間の男が太刀を倉之助に向けた。

暗い中での戦いはわずかな星明かりだけが頼りで危険だ。

上段から襲い掛かる敵の刀を倉之助が摺《す》り上げて、男の首筋から袈裟《けさ》に斬り下げて倒した。

腕の違いが歴然だ。

倉之助が加勢すると市兵衛が上段から襲ってきた敵の胴を抜いて倒す。その市兵衛が苦戦している孫四郎を見て、辻斬りに向かっていった。

惣兵衛と倉之助が相手にした男が大男でなかなか強かったが、二対一では不利と見てすぐ逃げ出した。

「逃げるかッ、卑怯者ッ！」

「うるさいッ！」

「倉之助ッ、追うな！」

惣兵衛が男を追おうとする倉之助を止めた。

早く辻斬りを倒さないと斬られそうだ。二人が急いで辻斬りとの戦いに加わり、一対四の戦いに戻り辻斬りを追いつめた。

辻斬りと孫四郎は互いに浅手だが傷を負っている。孫四郎を市兵衛が援護したが、さすがに疲れてきたのか孫四郎と辻斬りが肩で息をする。乱れた呼吸で前のめりの影絵のように見える。

惣兵衛が鋭く上段から斬り込んだ。

それを辻斬りが弾くとその瞬間の隙を逃さず、倉之助が辻斬りの右胴を深々と斬り抜いた。

その辻斬りの眉間《みけん》から市兵衛が正中《せいちゅう》を斬り下げる。

三人の攻撃に辻斬りは声も立てずに道にドサッと前のめりに頭から倒れた。

「青田さまッ！」

「大丈夫だ。擦《かす》り傷だ。急いで戻ろう！」

「傷の手当てを……」

辻斬りに斬られた孫四郎の肩の傷をしばり止血すると、切り捨てた三人の遺体をそのままに四人がサッと引き上げた。

第二章　分倍河原《ぶばいがわら》

四人が呉服橋《ごふくばし》御門内の奉行所に戻ろうと神田まで戻ってくると、提灯も持たずに急ぐ武士の一団に出会った。

夜半に怪しいと感じた孫四郎が一団の前に立って声をかけた。

「しばらくッ！」

「おう……」

武士は六人いて立ち止まった。

「この夜更けにどこへ行かれる」

「藩邸に戻るところだ」

「失礼だが、どちらの藩でござろうか？」

「おぬしは誰だ？」

「それがしは、北町奉行所の青田孫四郎と申す！」

「前田《まえだ》家の者だ！」

「加賀《かが》の前田家であろうか？」

「いかにも！」

六人が立ち去ろうとした。

「しばらく！」

「何んだ！」

「前田家の藩邸は逆であろう！」

「何ッ！」

加賀前田家の屋敷は、前年に和田倉門外辰口《わだくらもんそとたつのくち》に、七千五百坪を拝領して建てられた。

「この先に前田家の屋敷はないッ、盗賊《とうぞく》かッ！」

「くそッ！」

浪人の一人がいきなり太刀を抜いた。

「斬れッ！」

「やっちまえッ！」

奉行所の四人も一斉に太刀を抜いて応戦する構えを取った。敵の数が多い。倉之助は中段に構えると先《せん》の先《せん》で敵の中に突進した。

　四対六の乱戦になった。

「こいつら強いぞッ、逃げろッ！」

　急に六人が逃げ出した。

　それを惣兵衛、倉之助、市兵衛の三人が追った。孫四郎は傷が痛み、疲れて追う気力がない。

　倉之助は、浪人の一人を町家の軒下に追い詰めて斬り伏せる。市兵衛は逃げる男に追いすがって背中を切り裂《さ》いた。

　一人ずつ倒したが三人に逃げられた。

　惣兵衛も一人を町家の軒下に追い詰めたが、斬り殺さずに強烈に峰で打ち据え、生かして捕らえた。

　その一人を引き立てて奉行所に戻った。すぐ、奉行所から宿直の同心や門番まで人が出て、夜のうちに斬り捨てた遺骸《いがい》を二つ運んできた。

　勘兵衛は、孫四郎たちの帰りを待って起きていた。

「宇三郎、すぐ、あの浪人を調べろ！」

　孫四郎の話を聞いて、緊急を要すると感じたのだ。

「強情なら駿河問状《するがもんじょう》で聞いてみろ！」

「はい！」

宇三郎と惣兵衛、市兵衛が部屋から出て行き、喜与《きよ》とお幸《さち》が起きてきて孫四郎の傷の手当てをする。

「倉之助、医師を連れてこい。孫四郎の金瘡《きんそう》は素人《しろうと》では無理だ」

「はッ！」

何んとも騒々しい夜になった。

藤九郎《とうくろう》と文左衛門《ぶんざえもん》も起きてきて取り調べに加わった。

砂利敷《じゃりじき》の筵《むしろ》に座った男は、駿河問状にかけるまでもなくあっさりと白状した。

名前は小林寛三郎《こばやしかんざぶろう》であることや、懐《ふところ》に大金が入っていること、押し込んだ神田伊勢屋嘉衛門《いせやかえもん》では人は殺さず、八人を縛《しば》り上げて小判だけ大金を奪《うば》ったと吐《は》いた。

浪人に襲われた神田の伊勢屋嘉衛門は、下り物の酒を手広く商《あきな》っている。

その日、商売が終わって戸締まりをし、夕餉《ゆうげ》が済んで一休みしてからみなが寝床に入ろうとした。

そこに客が来た。

臆病窓からのぞくと武家がいて加賀前田家の者だという。

まさか盗賊とは思わずに引き戸を開けるとドッと武士団が入り込んできた。

「殺すなッ、店の者はみな縛り上げろ！」

薄暗い店内が騒然となり、奥にいた嘉衛門たち八人が縛り上げられた。通いの者たちは帰っていたため難を逃れた。

伊勢屋の者が殺されたり怪我《けが》をしなかったのが幸いだった。

「藤九郎、すぐ神田の伊勢屋に行け！」

「はい！」

当番同心の佐々木勘之助《ささきかんのすけ》と黒井新左衛門《くろいしんざえもん》を連れて藤九郎が奉行所から飛び出した。何んでも白状する浪人小林寛三郎の懐から百五十両ほどが出てきた。

「どこに逃げるつもりだった？」

「府中《ふちゆう》……」

「府中のどこだ？」

「大国屋《だいこくや》……」

何んでもすらすらと答える。惣兵衛の一撃ですっかり観念したのだ。

「文左衛門、馬を二頭、支度してくれ！」

そう言いつけて宇三郎が奥に向かった。

「お奉行、逃げた三人を府中まで追ってみたいのですが？」

「どこにいるかわかるのか？」

「府中宿の大国屋と白状しましたので、追えば夜明け前には追いつけるかと思います！」

「そうか、誰を連れて行く？」

「文左衛門を連れてまいります」

「一人だけで大丈夫か？」

「はい、斬り捨ててまいります！」

「いいだろう」

勘兵衛の許しが出て、宇三郎と文左衛門の二騎が府中宿に向かった。

江戸から府中宿までは七里半（約三〇キロ）ほどである。

神田の伊勢屋嘉衛門に向かった藤九郎は、縛り上げられた八人を救出して奪われたものをすぐ調べさせた。

六百五十両ほどを奪われたことがすぐ判明した。

夜中だが、伊勢屋の主人嘉衛門と番頭の平助《へいすけ》が、藤九郎たちと奉行所に向かった。

二人はまだ取り調べ中だった小林寛三郎を見たが、主人の嘉衛門は動転して盗賊の顔をあまり覚えていなかった。

一方、番頭の平助がはっきりと小林寛三郎の顔を覚えていた。

伊勢屋嘉衛門は惣兵衛から説明を受け、勘兵衛と面会して夜明け近くに神田の店に戻っていった。

その頃、甲州《こうしゅう》街道を府中に向かった宇三郎と文左衛門は、府中宿の近くまで来ていた。既に三人の盗賊を上布田《かみふだ》で追い越している。

追ってくる馬に気づいて素早く百姓家の軒下に隠れた三人は、府中宿の大国屋に手が回ったことを知った。

五百両の大金を持って三人は逃げている。戻ってこない他の三人は、斬られたか奉行所に捕らえられたと思う。

手が回っては道を変えて逃げるしかない。

浪人の三人は府中宿の大国屋には寄らずに、日野《ひの》宿か八王子《はちおうじ》宿まで逃げれば追ってこないだろうと思った。

府中宿周辺は秀吉《ひでよし》や家康が鷹狩りを楽しんだ場所でいい獲物がよく獲《と》れた。六《ろく》所《しょ》明神を中心に古くから繁盛した宿場である。札ノ辻《ふだのつじ》という高札場《こうさつば》もあった。

ことに古くは武蔵国の国府が置かれ、六所宮の大國魂《おおくにたま》神社は多くの人々の信仰を集めてきた。

近くには奈良《なら》期に聖武《しょうむ》天皇の勅命《ちょくめい》で建立された国分寺《こくぶんじ》や国分尼寺《こくぶんにじ》があって、府中から国分寺への国分寺街道が整備されていた。

この武蔵国分寺は、元弘《げんこう》三年（一三三三）に鎌倉《かまくら》幕府が滅ぶ切欠《きつかけ》になる北条泰《やす》家《いえ》と新田義貞《にったよしさだ》が戦った分倍河原《ぶばいがわら》の戦いの時に焼失してしまう。

府中宿は歴史の古い宿場だった。

宇三郎はどこかで一味を追い越したかもしれないと思いながら府中宿に入り、大国屋を探して六人連れの浪人のことを聞いた。

「江戸の北町奉行所の者だ。少々聞きたいことがある」

宇三郎が主人を呼んであれこれと聞いた。

「はい、そのような六人連れのお武家さまが、確かに十日ほど前に泊まりましてございます」

「どこから来てどこに行くと言っていたか？」

「どこから来たかはわかりませんが、出かける時に江戸へ行ってくると言っておりました」

「そうか、それでまだ戻ってきてはいないのだな？」

「はい、まだでございますが、帰りに寄るとは言っておりませんでした」

「よし、相分かった。しばらく休ませてもらう。馬の面倒を見てくれ、もし戻ってきたら悟《さと》られないように知らせてもらいたい」

「承知いたしました」

宇三郎と文左衛門は部屋に上がって少し横になった。卯《う》の刻（午前五時〜七時頃）を過ぎている。江戸から歩いてもそろそろ戻ってくる刻限だ。

「他の街道に逃げたと思いませんか？」

「鎌倉街道か？」

「はい……」

「奪った小判を持っているのだから、バラバラに逃げるとは考えにくい。分け前をもらうまでは一緒だろう」

「なるほど、そうですね」

「慌てることはない。三人はこの街道のどこかにいるはずだ」

「はい……」

「もし、追われていることに気づけば、この大国屋には立ち寄らないで八王子に向かうか、分倍河原から鎌倉街道上道《かみつみち》に向かう」

宇三郎は、盗賊三人が行くのは信濃《しなの》ではないかと思っている。根拠のない勘だが、手掛かりがなければ勘に頼るしかない。冷静に考えて勘を働かせる。

この大国屋の主人の言葉で「江戸に行ってくる」と盗賊が言ったのは、「ここに戻ってくる」と言ったともとれる。

捕縛《ほばく》された小林寛三郎が大国屋の名を出したのは、分け前を配るのがこの大国屋だとの約束だったのではないか。宇三郎は盗賊三人が必ず甲州街道上にいると考えた。

「昼過ぎまで一休みして、動きがなければ先に行ってみよう」

「八王子まで?」

「うむ、兎《と》に角《かく》、奴《やつ》らの先回りをすることが大切だ。何かあるかもしれない」

「承知しました」

「少し休め……」

二人は仮眠を取った。

馬上で眠ると落馬し大怪我をする。

その間に盗賊の三人は、上布田宿から上石原《かみいしはら》宿まで来ていた。そこで甲州街道から外れて、府中宿には入らず日野宿に抜ける道を急いだ。

三人は寝ないで逃げている。

一刻（約二時間）ほど仮眠を取った宇三郎が目を覚まし、ガバッと起きた。

「文左衛門、起きろッ！」

急に起こされて眠そうに文左衛門が目を覚ます。

「急げッ、行くところがある！」

「はい！」

飛び起きて、文左衛門が支度を急いで大国屋を出た。騎乗《きじょう》した二人が向かったのは府中分倍河原だった。

宇三郎は強盗三人が甲州街道から鎌倉街道に出て、この分倍河原の関戸《せきど》の渡しに出てくると直感して駆けつけた。

日野の渡しまで行かないで関戸の渡しで対岸に出れば、日野にも鎌倉にもどちらにも向かえる。宇三郎の勘は鋭かった。

二騎が河原に現れると、浪人三人がバラバラと逃げようとした。玉川《たまがわ》（多摩《たま》川）を渡ろうとしていたのだ。宇三郎は馬上で太刀を抜くと追いかけた。

「それッ！」

馬腹を蹴った。

文左衛門も一緒に盗賊を追う。

川に追い詰められた盗賊が馬上の宇三郎に後ろから首筋を斬られて、前のめりに川へ突っ込んで息絶えた。河原を逃げていたもう一人にも馬ですぐ追いついた。

前に回って馬から飛び降りる。

「北町奉行所の者だ。もう逃げられないぞ。神妙に観念しろッ！」

「わかったッ、わかったから斬るなッ。奪ったものは返す、人は殺していないッ！」

男が懐から布に包んだ小判を出して足元に置いた。

「三百両あるッ。残りは他の者が持っている。見逃してくれッ！」

「刀を鞘《さや》ごと抜いて、その三百両の傍に置け！」

「わかった。わかったッ！」

太刀に手をかけた瞬間、一気に抜いて宇三郎に斬りつけた。間合いが遠い。さほどの腕ではないと見切ったが、易々《やすやす》と降参する男でもなさそうだ。歯向かった浪人は斬り捨てるしかない。

なんとか逃げたい浪人が、上段に刀を上げて斬りつけてきた。

その太刀を受け止めて、摺り上げると同時に胴を狙い、右に抜けた宇三郎の太刀が盗賊の左胴を切り裂いていた。深い一撃だ。

「ウグッ……」

妙な悲鳴を上げ、たたらを踏んで河原の砂利にドサッと倒れた。十間（約一八メートル）ほど離れて文左衛門も浪人を倒している。

その男が二百両を懐に持っていた。

二人は、府中宿の大国屋に戻って泊まることにした。疲れ切った宇三郎と文左衛門は、風呂に入ると夕餉もそこそこに寝てしまう。

翌朝、まだ暗いうちに大国屋を出て江戸に向かった。

しくじることの多い北町奉行所だったが今回はうまくいった。

奉行の勘兵衛は牛込の辻斬りと、神田伊勢屋の強盗事件が一緒に片づいて上機嫌である。何よりも犠牲者が出ず、奪われた六百五十両がそっくり戻ったことが大きい。

このことは城中でも話題になった。

伊勢屋は下り酒の上物を江戸城にも納めていたからだ。

それから数日して登城すると、老中安藤直次《ろうじゅうあんどうなおつぐ》から質問があった。

「ここ十日ぐらいの間にあった事件は？」

「例の伊勢屋の事件にございますが……」

「いや、そっちではない。また急病死の届けがあった。家臣が二人も殉死《じゅんし》したというのだ。心当たりは？」

「ございませんが、旗本でございますか？」

勘兵衛がとぼける。

「大番組の大身二千六百石の高木主水之助《たかぎもんどのすけ》だ。困ったことよ」

「高木さまが……」

三河《みかわ》以来の徳川家の直臣で、将来手柄を立て加増されれば、大名にもなろうかという家柄だ。町奉行など大きな役にも就任できるだろう。

勘兵衛は、牛込の辻斬りが高木主水之助で、殉死したのは青田孫四郎らに斬られた男たちだとわかった。

「確か、高木さまは四十前のはず？」

「三十八だ。後継の子どもがまだ小さい。家中で守《も》り立てていければいいが……」

武家はお家が大切で、当主が幼い子を残して亡くなると、大名家などではつなぎの当主として弟とすり替えるようなことも行われた。

家督相続の跡取りが幼いと、家禄《かろく》を半減されたりすることがあるからだが、高木家は家禄半減をまぬがれた。

老中は高木主水之助の死を本当に急病死かと疑ったが、まさか辻斬りを働いて北町奉行所の役人に斬り捨てられたとは思っていない。

そんなことを勘兵衛に聞いても答えないだろう。

その勘兵衛は、世の中が泰平《たいへい》になって人を斬りたいという狂気が出てきていると思うのだ。

刀にはそういう魔性が潜《ひそ》んでいる。だから人を斬っていいということではない。

聞かれても牛込の辻斬りを話す気はない。

勘兵衛が口を開けば間違いなくお家取り潰《つぶ》しになる。どんな理由があろうとも大身旗本が辻斬りをしたとなれば許されない。

老中の安藤直次はそれを疑って勘兵衛に聞いたのだが、勘兵衛が答えないことをわかっているようだった。

辻斬り問題は難しい。

金品欲しさに出る辻斬りもいれば、試し斬りをするため出る辻斬りもいる。中でも厄介なのが、ただ人を斬りたいという狂気だ。

何んでもいいから兎に角人を斬りたいという病は救いようがない。刀の魔性に取り憑《つ》かれるとそういうことになる。

それは老中も勘兵衛も心配していることだった。

「ところで、天下普請の大名家といざこざは起きていないか？」

「はい、今のところは何事もなく……」

「そうか、大名家も江戸での振る舞いは気をつけているのだろう」

「将軍さまのご城下でございますから誰もが神妙にしておるものと思われます」

「うむ、それが幕府の威光というものだ」

「御意！」

生殺与奪《せいさつよだつ》の権を握る幕府が大大名たちをにらんでいる。不都合があれば改易《かいえき》でも移封《いほう》でもできるのが幕府だ。

関ケ原《せきがはら》の戦いの後に全大名に対し、家康が取り潰しや国替えを命じ、加増し安堵したからである。秀吉からもらった領地でも家康が安堵し直したようなものだ。

つまり全国が家康の領地で、諸大名が家康から知行《ちぎょう》されたことになる。それが安堵と言う考え方だ。

従って幕府は不都合があればいつでも領地を取り上げる。

第三章　お末《すえ》の損料

何もない穏やかな日が続いた。

北町奉行所には滅多にないことだった。

「このような日が続くとは珍しいことでございます」

喜与が拍子抜けしたような顔で、煙草《たばこ》を吸おうとする勘兵衛に話しかけた。

「そうだな。偶《たま》にはこういう日があってもいいだろう」

「何もないということはよいことでございます。また、お吸いになるのですか？」

「ん、どうだ、この煙管《キセル》は？」

「先ほどもお聞きになりましたが？」

「そうか……」

「結構な銀煙管でございます」

勘兵衛が大枚をはたいて彫金の名人銀治《ぎんじ》にわざわざ作らせた自慢の煙管だ。八寸（約二四センチ）ほどの少し長めの煙管だ。中ほどに米津家の棕梠《しゅろ》の家紋《かもん》がついている。

煙草は鉄砲伝来と同じ頃にポルトガルの宣教師によって九州に伝来し、たちまち全国に伝播《でんぱ》した。

伝来した当初は薬としての扱いで非常に高価だった。

裕福な武家や豪商に急速に普及したが、駿府城で不審火が続き、慶長《けいちょう》十四年（一六〇九）に将軍秀忠が禁煙令を出すことになる。

幕府は火災のことがあり何度も禁煙令を出すことになるが、なかなか守られることがなかった。煙草は癖になると止められないものらしい。

煙草は火だから雑に扱うと火事の火種《ひだね》になることが多かった。煙草吸いは横柄《おうへい》なところがあってどこでもポイッとやる。

その無神経さが大火事につながるのだから困る。

煙管狩りなども行われた。

やがて禁煙令が出て勘兵衛は一旦止めることになるが、今は自慢の銀煙管でプカプカくゆらせて楽しんでいる。相変わらず喜与とお幸は煙が嫌いだ。

勘兵衛は銀煙管が自慢なのだ。いい道具は手に持つだけでうれしいものだが、喜与の前ではあまり吸わないことにした。

「ところで喜与、文左衛門とお滝《たき》はどうなのだ?」

「はい、あまり進展がないようです」

「そうか、鹿島新当流《かしましんとう》と女鳶《おんなとび》の勝負はつかないか?」

「はい、鳶口《とびぐち》で刀を折られることもあるかと心配しております」

「うまいことを言うな。確かに、お滝ならあの腰の鳶口を抜いて文左衛門に殴《なぐ》りかかるかもしれん?」

「うっかりすると、文左衛門でもやられてしまいます」

「鬼姫だからな」

「殿さま、鬼姫だなどと、お滝さんがかわいそうでございます」

喜与が勘兵衛を叱った。

平穏な奉行所が一変したのは、上野《うえの》不忍《しのばず》の商人宿《あきんどやど》の隠居直助《なおすけ》が現れてからだ。

「親父《おやじ》、どうした?」

対応に出たのが与力の青田孫四郎だった。

「青田さま、このようなものが手に入りましてございます」

　直助が懐から紙片を出して孫四郎に渡した。

「何んだこれは、一丁札《いっちょうふだ》か？」

「はい、この火炎《かえん》の一丁札は、盗賊でも恐れるという鬼火《おにび》の紀左衛門《きざえもん》のものです」

「ちょっと待て！」

　孫四郎が慌てて奥に向かった。すぐ勘兵衛と宇三郎が公事場《くじば》に現れた。直助は砂利敷の隅にうずくまっていた。

「親父、久しぶりだな？」

「ご無沙汰《ぶさた》をいたしております」

「うむ、この札を使う鬼火の紀左衛門とは何者だ？」

「はい、その鬼火の怖いところは、一味に赤猫使《あかねこつか》いの金太《きんた》というとんでもない野郎がいることです」

「赤猫を這《は》わすというやつだな？」

「そうです。飼い猫に火を背負わせて家に放つことからそういいます。放火のことでございます」

「一味に放火の好きな男がいるのか？」

「はい、鬼火一味は押し込んで皆殺しにしてから火を放ちます。すべてを焼き尽くしてしまいますので何んの証拠も残りません」

「凶悪だな……」

「火事に気を取られている間に逃げてしまいます。七郎《しちろう》の話では中山道筋で仕事をしていたそうです」

「それが江戸に出てくるか？」

「はい、そのように聞こえてきました。一丁札は燃えてしまうので残るのは珍しいそうですが、たまたま手に入りましたもので……」

「親父、庭に回れ、一杯やろう」

「恐れ多いことにございます」

「遠慮するな。もう少し話も聞きたい。宇三郎……」

直助が宇三郎に連れられて奥の庭に回った。

このところ直助は商人宿を七郎とその嫁のお繁《しげ》に任せて、気ままに奉行所の密《みっ》偵《てい》のようなことをして暮らしていた。

ぼけないためだと言うのが口癖だ。

「ここに上がれ……」

縁側に酒を運ばせて盃《さかずき》を持たせると、勘兵衛が直助に酌《しゃく》をした。

「これは下り酒で？」

「そうだ。飲め！」

「何んともいえない良い香りで……」

直助は七郎の罪を許し自分の養子にしてくれたことを感謝している。

勘兵衛のお陰で思わぬ息子と娘ができたのだ。隠居したが残りの生涯を勘兵衛のために使おうと決めた。

「お奉行さまにこんなにしていただいては罰が当たりますので……」

「気にするな。ところで鬼火の配下は何人ぐらいだ？」

「はい、そんなに多くないそうで十人ぐらいと聞いております」

「押し入る手口は？」

「それが、皆殺しにしますので手口がわかりませんのです」

「そうか、もう一杯やれ……」

「はッ、嫌いじゃございませんで……」

「わしも嫌いではないが、今はこれだ……」

勘兵衛がどうだという顔で自慢の銀煙管を直助に見せた。

「拝見いたします」

直助が銀煙管を手に取った。

「これはまた何んとも立派な煙管で、銀無垢《ぎんむく》でございますな。この龍の細工は見事なもので、長さは八寸、名人の作では？」

「わかるか？」

「へい、名人銀治しか作れない逸品かと思います」

「なかなかの目利きだな」

「恐れ入ります」

少し酔って、直助が四半刻《しはんとき》（約三〇分）で帰って行った。

「厄介だな、宇三郎？」

「はい、火をつけて逃げるとは言語道断、何んとしても捕縛しないことには、江戸の商家は枕を高くして眠れなくなります」

「どうやって捕らえる？」

「やはりどこかで一味の尻尾《しっぽ》をつかむしかないかと……」

この頃、盗賊改《あらため》も火付《ひつけ》改もなく、すべて奉行所が武官や文官の役もする厳しさだった。盗賊改は六十年後、火付改は八十年後、町火消いろは四十七組は百十年後にできる。

最も早い火消は二十五年後の奉書《ほうしょ》火消だ。大名火消が三十七年後である。ないないづくしの江戸幕府で、すべてが町奉行の勘兵衛の肩にのしかかってきた。潰れてしまいそうな重圧だった。

江戸期の大火は四十九件、小火《ぼや》も合わせれば千七百九十八件というから、江戸の火事は名物といわれて納得だ。

「宇三郎、鬼屋《おにや》を呼んでくれ……」

「承知しました」

勘兵衛は鬼火一味を捕まえるのは奉行所の仕事だが、万一の時火消しをするのは、鬼屋長五郎《ちょうごろう》のような鳶の者しかいないと思う。

幕府には火消の制度はなかった。

急遽《きゅうきょ》、大番組や鉄砲組などの旗本に幕府は消火を命じたが、その出動が遅くはかどらないのが常だった。

江戸の最初の大火は五年前の慶長六年（一六〇一）閏《うるう》十一月で、手がつけられず江戸全部が丸焼けになった。

江戸最大の大火は五十年後の明暦《めいれき》三年（一六五七）の大火で、犠牲者が十万人を超えた。江戸城の天守閣も焼け落ちる大火で、俗に振袖《ふりそで》火事と言われる。

後に、そんな江戸の火消は一万人と言われたが、その最初の火消は長五郎のような屋根葺《ふき》や鳶職の者たちだった。

その夜、鬼屋長五郎と息子の万蔵《まんぞう》が久しぶりに奉行所に姿を見せた。お滝は文左衛門との結婚を迫られると思って姿を見せない。

「長五郎、これを見てくれ……」

「これは変わった一丁札ですが、この火炎はなんでございますか？」

「盗賊の一丁札だ」

「盗賊？」

「押し込んで皆殺しにしてから火を放つという凶悪さだ。生かしておけない連中だ」

「それでこの長五郎に火消を？」

「そうだ。大番組や鉄砲組が駆けつける前に手を打てるのは長五郎、お前しかいないのだ。ところで配下は何人いる？」

「すぐ集まるのは四、五十人ほどかと……」

「充分だ。延焼しないよう風下の家を曳《ひ》き倒せ、燃え移るものがなければ火は消える。火が怖いのは、どこまでも延焼することだ」

「承知いたしました」

「ところでお滝はどうした？」

「近頃は少々おとなしくなりまして、色々と……」

「そうか、それは結構だ。例の駿府の庄司《しょうじ》甚右衛門《じんえもん》の娼家《しょうか》はどうした？」

「はい、ようやく手を付けております」

「甚右衛門は姿を見せないな？」

「偏屈《へんくつ》な男のようで、手付金も駿府の鬼屋に置いていったと聞いています。江戸のことは鬼屋にすべて任せると言って寄越《よこ》しました」

「ほう、面白そうな男だな？」

「はい、北条家の松田尾張守《まつだおわりのかみ》の家臣だったと聞いております」

「松田尾張守というと、小田原《おだわら》征伐の折に豊臣《とよとみ》軍に徹底抗戦を唱えて、秀吉に切腹を命じられた家老だぞ？」

「そのように聞いております」

「そうか、その家臣が娼家の主人とはな……」

「なかなかの男のようです」

長五郎も庄司甚右衛門には会っていない。駿府の二丁町《にちょう》ではなかなかの男のようだと勘兵衛も老中から聞いていた。

長五郎と、万一の放火についてどう対処するか打ち合わせをしたが、盗賊だけでなく火付けまでするという鬼火を捕らえるのは、生半可なことではできない。かなり困難だとわかる。

長五郎と万蔵が帰ると、勘兵衛は宇三郎ら内与力と長野半左衛門、青田孫四郎、柘植久左衛門《つげきゅうざえもん》、赤松左京之助《あかまつさきょうのすけ》、倉田甚四郎《くらたじんしろう》ら与力を集めた。

「鬼火一味という凶悪な盗賊が、江戸に入るかもしれないとの知らせがあった。この鬼火は、押し込んで皆殺しにしてから放火するということだ。手掛かりがまるでない。例によって笠《かさ》をかぶった者を徹底して厳しく調べろ！」

江戸で笠をかぶってはならぬと決めたのは、勘兵衛であり大御所家康と約束したことだ。誰であれ江戸では顔を晒《さら》させる。

悪党はコソコソと顔を隠したがるという考えからだ。

それをなかなかおもしろいと家康が了承すると、勘兵衛は日本橋の高札場を始め各地に高札を掲げて禁令にした。

笠ぐらいとなめてかかると奉行所の役人に厳しく咎《とが》められる。笠で引っかかると持ち物改めから人別改《にんべつあらため》と調べて、盗賊をあぶり出して捕縛してきた。

勘兵衛はこんな雲をつかむような話でも、どこかに手掛かりを見つけられるはずだと考える。

「中山道筋でずいぶん暴れたようだが、それでも飽き足らず江戸に出てくるのだろうが、板橋《いたばし》宿から入ってくるとは限らない。厳重に内藤新宿や千住《せんじゅ》宿、品川《しながわ》宿を見張り、江戸府内の見廻りも手抜かりのないよう厳しくしてもらいたい。どんな小さなことでも手掛かりになることがあるから見逃すな」

与力たちが真剣に奉行の話を聞いている。容易ならざる敵だと誰にもわかる勘兵衛の厳しい話だ。

「今わかっていることは、一味の中に火付けの好きな金太という男がいるということだ。打竹《うちたけ》などで火種を持ち歩いていることも考えられるので油断なく見張れ。一味の人数は十人ほどだという。他に手掛かりがわかればすぐ伝える！」

勘兵衛からすぐ手配りをするよう命じられた。

これまでも直助のもたらす知らせは、すべてが確かなものだったと勘兵衛は信頼している。商人宿という特殊な場所には、表筋では決してわからない裏筋の噂《うわさ》が流れてくるのだと思う。

中には盗人《ぬすっと》家業の者なども泊まるのだろう。

常には奉行所にいる与力の中野新之助《なかのしんのすけ》、小杉五郎兵衛《こすぎごろうべえ》、中村忠吾《なかむらちゆうご》、結城八郎右衛門《ゆうきはちろうえもん》らも加わって、綿密な手配が練られた。

そんな時、同心の大場雪之丞《おおばゆきのじよう》が妙に派手な着物を着た十五、六の小娘を連れて奉行所に現れた。一目で娼家の女だとわかる。

この頃はまだ女郎屋《じよろうや》とか遊郭《ゆうかく》というものは江戸にはなかった。

「雪之丞、その娘はどうした？」

「どこから連れてきた？」

「すぐそこの辻《つじ》の軒下にうずくまっていましたので……」

「拾ってきたのか？」

「はい、汚れて可哀《かわい》そうなので連れてまいりました」

着物も手足も汚れているが、よく見るとなかなかの美人だ。美人は得だ。すぐ男から声がかかる。砂利敷の隅にうずくまっている。

「名は何んという？」

「お華《はな》、本当はお末《すえ》……」

はっきりと言うところはしっかりしている。松野喜平次《まつのきへいじ》がまた聞いた。

「歳《とし》は幾つだ？」

「十四だ……」

「逃げてきたのか？」

「うん、嫌なんだもの……」

「だが、売られてきたのではないのか？」

「違う。おとうが賭《か》け事をして騙《だま》されたんだ」

「博打《ばくち》か、いくら負けたのだ？」

「一分《ぶ》二朱《しゅ》……」

「何？」

「一分二朱だよ！」

　喜平次が傍で見ている雪之丞を見た。どうするという顔だ。そこに半左衛門が現れた。

「どうした？」

「はい、この娘が一分二朱で売られてきたようで……」

「売られたんじゃないよ！」

「お末、与力さまだぞ！」

「うん……」

雪之丞が注意すると素直にうなずいた。

「売られたのではありません。おとうが騙されたのです」

「お末、話を聞きたい。前に出ろ！」

「はい……」

半左衛門には威厳がある。

「言葉を改める」

「何？」

お末は意味が分からず、傍の雪之丞を見た。

「嘘《うそ》を言うな、ということだ」

「そうか、わかった」

屈託《くったく》のない強情そうな娘だ。

「お末、これまでどこにいた？」

「上野不忍の瓢《ひさご》……」

「そこは茶屋か？」

「はい……」

「女将《おかみ》の名は？」

「お利《とし》……」

「何をしていた？」

「色々……」

「色々ではわからん！」

「男の人の酒の相手とか……」

泣きそうな顔で雪之丞に助けを求めて見る。

「それでいい、それでわかるから……」

雪之丞はお末にやさしい。

「お末、そこで神妙に待て！」

半左衛門と喜平次が奥に向かった。

「怖いよ……」

お末が雪之丞に訴える。砂利敷に座らされ怯《おび》えているのだ。

「大丈夫だ。悪いことをしていなければ、お奉行所は怖いところではないよ」

「お店を逃げたことは悪いことか？」

「いや、理由があればいいのではないか？」

「あんなところに帰るのは嫌だ！」

「はっきりそう言えばいい」

「うん、助けてくれる？」

「いいよ」

雪之丞が安請け合いをした。こういう問題は、売り買いの銭《ぜに》が絡《から》んでいて結構面倒くさい。

「お奉行さまだ……」

雪之丞が頭を下げるとお末が平伏した。

「お末、顔を上げろ！」

半左衛門の声にお末が亀のように顔を上げた。

「お末とやら、辛《つら》い思いをしたな？」

「うん……」

「はいだよ、はい！」

雪之丞が注意する。

「はい！」

勘兵衛がニッと笑った。お末もニコッと笑う。あどけなくいい笑顔だ。

「どこで生まれた？」

「川越《かわごえ》、中院《なかいん》の傍……」

「そうか、良く調べてどうするか決める。それでいいな？」

「はい！」

「よしよし、腹がすいているだろう。雪之丞、庭から奥に連れていって湯に入れ、飯を食わせてやれ……」

「はッ、お末、立て！」

雪之丞が怖い顔で威厳を見せ「ついて来い！」とお末を連れて行く。

「半左衛門、瓢屋の女将を呼んで、誰からお末を買ったのか調べろ。おそらく、お末の言っていることが正しいのだろう。川越に帰してやればいい」

「承知いたしました」

長野半左衛門はすぐ使いを出して瓢屋のお利を奉行所に呼び出した。お末のことだとわかっていてお利が現れた。

「お奉行さま、お華を返してください」

「わしは奉行ではない。まずはそこに座れ、話はそれからだ」

「ここにですか、あたしは罪人じゃありませんよ。こんなところに……」

すか？」

「それを調べるのが奉行所だ。神妙にいたせ、それとも牢《ろう》に入って少し頭を冷やすか？」

「座りますよ、座ればいいんでしょ……」

一筋縄ではいかない婆《ばあ》さんのようだ。

「わしは長野という与力だ。お奉行にお調べをお願いする前に下調べをいたす。神妙に答えないとわしは甘くないぞ。女でも丸裸にして拷問にかける！」

「ヒーッ……」

「わしはそういうのが好きでな。試してみるかお利？」

半左衛門が薄気味悪くニタリと笑った。

「か、勘弁してくだせい、旦那！」

「ふん、お利よ、わしにその肌を見せろ。鞭《むち》で打たせろ、血が出てきれいだぞ」

「だ、旦那ッ、悪かった。何んでも話すから、何んでも聞いておくれ……」

お利がのけぞって怯えた。にらんでいる半左衛門に変な癖があるのだとお利が震え上がった。

「北町の長野半左衛門を覚えておけよ」

「へい、忘れませんでございます。はい！」

「お華とは誰のことだ？」

「こ、こちらに逃げてきたのではございませんか？」

「そんな女は知らぬぞ」

「それではお末、お末といいますので？」

「おう、お末なら当奉行所におるが、騙されて川越から連れてこられたとの訴えが出ておる。そこで、そなたを吟味《ぎんみ》することになったのだ。わかるな？」

「長野さま、騙されたなんて嘘ですよ」

「どういうことだ？」

「それは……」

「お末を買ったのであろう？」

「旦那、そこは商売ですから、勘弁してくださいな」

「お利、そこで裸になるかい。いいんだぜ。大年増《おおどしま》の肌もいいもんだ。世話を焼かせるんじゃねえよ！」

　半左衛門が荒っぽい言葉で怒った。

「いい加減にしねえかお利！」

「旦那！」

「おい、その婆《ばばあ》の着物をひん剝《む》いて裸にしろ！」

砂利敷の床几《しょうぎ》に座っている喜平次と雪之丞に命じた。

「はッ！」

愕《おどろ》いた顔の喜平次が立ち上がると、お利が襟《えり》を握って後ずさりする。

「言う、言いますッ、言いますから、乱暴をしないで……」

喜平次がお利の襟をつかんで持ち上げた。

「ヒェーッ！」

「ちゃんと座れ！」

もとの座にお利を戻す。

「これ以上隠すと三日間の入牢《じゅろう》だ。その間に拷問しても喋《しゃべ》らせる。お利、わしを甘く見るなと言ったはずだぞ」

「ご勘弁を……」

「いくらで買った？」

「六両で……」

「あの若い娘が六両とは安いのではないか？」

「今の相場で……」

「他にも女を買ったのか？」

「他は二両、三両の安物でござんす」

「お末を誰から買った？」

「旦那、そればかりは、商売ができなくなりますので……」

「そうか、喜平次、お利を牢に入れておけ！」

「あの……」

お利が半左衛門を引き留めようとしたが、サッと立って奥に消えてしまった。

「お利、長野さまの拷問はきついぞ。久しぶりに見るのが楽しみだ。馬鹿が。全部吐いてお慈悲《じひ》を願えば済んだのに、立て！」

「牢屋は嫌だ……」

「いいから立てッ、ぐずぐずいうと怒るぞ！」

「お願いだ。牢屋は勘弁してください！」

「駄目だ！」

喜平次と雪之丞に引きずられて牢に向かった。

その夜、牢に入っていたお利が耐えられなくなってついに降参した。

お利は喜平次を呼んで牢から出すことを条件に、お末を買った女衒《ぜげん》の名を白状した。女衒は古くからある人買いで女見《じょけん》ともいう。

女の見分けは目鼻から指の反《そ》り、体形や歩き方など秘伝と言われ、その極意は口外しなかった。極上、上玉、並玉、下玉と四つに評価した。

寛政《かんせい》四年（一七九二）に女衒禁止令が出る。

「買いましたのは女衒の亀助《かめすけ》からでございます」

「その亀助はどこにいる？」

「神田の弁天長屋《べんてんながや》と聞いております」

お利の白状で森源左衛門《もりげんざえもん》、佐々木勘之助、黒井新左衛門、大場雪之丞の四人が駆けつけて、長屋にいた亀助を奉行所に連れてきた。

お利は念のため放免されず牢に戻された。

亀助はなかなか強情な男だった。よほどの覚悟がなければ女衒などという商売はできない。

「お末、そんな女は知らねえ！」

「お前が川越から騙して連れてきたお末だ。知らぬはずがなかろう？」

「川越、そんなところで商売はしねえ！」

狡《ずる》いというか、ひねくれ者というか、取り付く島もないほど強情だ。

「おれは悪いことはしてねえぞ！」

半左衛門に食って掛かる。

「女衒がなぜ悪い、何んの取り調べだッ！」

確かに女衒を取り締まる法はないが、真っ当な商売をしているかが問題だ。女衒の取り分は売値の二割から高くても五割と言われている。

江戸はひどい女不足で値上がりしていた。

それでもお末の場合、一分二朱で親から取り上げて六両ではひどい商売だ。そもそもお末の親を騙したのだから問題なのだ。

それをわかっていて、亀助は強情に知らんぷりを決め込んだ。

お利のように脅しが効く相手ではない。手を焼いた半左衛門が勘兵衛に相談する。

「しぶといか？」

「はい、腹の据わった男でなかなかに……」

「駿河問状か？」

「はッ……」

半左衛門は駿河問状で洗いざらい白状させたい。だが、人を殺したわけでもなく駿河問状にかけるほどの悪さとも思えない。

「駿河問状にかける前にわしが聞いてみよう」

勘兵衛が普段着のまま公事場に出ていった。お裁きではない。

「お奉行さまだ！」

喜平次の声で亀助が座り直し、勘兵衛に頭を下げた。

「亀助、あまり奉行所に手を煩《わずら》わせるな」

砂利敷の縁に勘兵衛が出てきた。

「どうだ。わしと取引しないか？」

「お、お奉行さまと……」

「わしにお末を売れ！」

「い、いくらで？」

「お前が買った値段だ。わしから儲けようというのは許さぬぞ！」

「へい……」

急に商売を持ちかけられ亀助は戸惑っている。

「宇三郎、お末を買った。亀助に銭を払ってやれ……」

「はい！」

宇三郎が三方《さんぼう》に載せた銭に袱紗《ふくさ》を載せて持ってくると喜平次に渡した。それを喜平次が亀助の前に置いた。

「それを見る前に聞いてもらいたいことがある」

「へい……」

「わしは大御所さまから江戸の城下のことを任されている。口の悪いものは鬼勘《おにかん》などと不届きなことを言う。それは大きな力を持っているからだ。お前を処刑することも島流しにすることもできる。そこを考えて答えろ。いいな？」

「へい……」

「それがお末の買値だ。見ろ！」

促されて三方の袱紗を取った。紙の上に一分二朱が載っている。

「恐れ入りましてございます……」

「神妙である。ところで亀助、奉行から相談がある」

「はあ……」

「お前はお末を瓢屋にいくらで売った？」

「六両で……」

「うむ、正直だな。お末をわしが買ったのだからその六両をわしに返せ！」

「へい、お奉行さまには敵《かな》わねえ、そっくりお返しいたしやす」

「結構だ。ところで亀助、わしは弁天長屋のお前の家の床下に、三百両ほど甕《かめ》に入って埋まっていると思って、さっき掘らせてみた」

「ゲッ、お、お奉行、おた、お宝は駄目だよ！」

「お前、どこの島に行きたい？」

勘兵衛が島流しはどこがいいと聞いた。

「亀助、全部とは言わぬ。お末にお前から損料《そんりよう》を払ってやれ、どうだ？」

「そ、損料……」

「そうだ。若い娘が汚《けが》されたのだ。それとも島に行くか？」

「わかりました。わかりましたよ。十両で……」

「八丈島がいいか？」

「くそッ、三十両で……」

「三宅島《みやけじま》か？」

勘兵衛が値を釣《つ》り上げる。

「五十両、お奉行さま、これで勘弁してくだせえ！」

「よし、いいだろう。お末に仕返しをしないと一札入れよ！」

「へい……」

「宇三郎、亀助の甕と誓詞《せいし》を持ってこい」

「はッ！」

「ところで亀助、江戸は女が不足している。困ったことだな」

「へえ……」

「お前に一つ聞きたいが、鬼火の紀左衛門という名を聞いたことはないか？」

　亀助の顔色が変わったのを勘兵衛は見逃さない。

「知っているな？」

「お奉行、勘弁しておくんなさい。その名を口にすると殺されますんで……」

「そうなのか、どんな男なのだ？」

「それは見たことはないので……」

「何か聞いていないか？」

「お奉行さま、まだ死にたくねえので……」

　そこに宇三郎が小判の入った甕と誓詞を持ってきた。

「そこに、かめすけと書け、それからその甕から損料の五十両と売値の六両を出せ！」

「へい……」

喜平次と雪之丞が見ている前で名前をひらがなで書き、誓詞を喜平次に渡して、甕から五十六両を出して雪之丞に渡した。

「雪之丞、その五十六両をお末に渡してこい」

「はい！」

お末はお幸の着物を着て髪も結いなおし、娘らしくすっかりきれいになっていた。

「お末、これはお奉行さまからだ。仕舞《しま》っておけ！」

袱紗に包んだ小判を、お幸と遊んでいるお末の前に置いて急いで砂利敷に戻った。

まだ亀助の取り調べが行われていた。

調べはお末のことではなく鬼火一味のことに移っている。

「少しでいい、洩《も》らせることはないのか？」

「そういえば一つだけ、聞いたところでは赤猫を使う小男がいるそうです」

「小男？」

「へい、火をつける病だそうでござんす」

「他にはないか？」

「嫌な悪党で、あっしらとはまったく違うのです」

亀助はそれ以上のことは知らなかった。知りたくもない悪党だった。

「亀助、何か聞き込んだらわしに会いに来い。いいな？」

「へい……」

「これからは阿漕《あこぎ》な商売をするな。今度、訴えがあると許さないぞ」

「へい、気をつけやす……」

勘兵衛に散々絞《しぼ》られた亀助が小判の入った甕を抱いて放免された。

第四章　鬼火と狐火

お利が牢から出された。

「お利、お奉行さまだ！」

「はい……」

筵《むしろ》に座って平伏する。

「お利、牢屋はどうだった？」

「もう、勘弁してください。お奉行さまの言いつけ通りにいたしますので……」

「そうか、神妙である。今までそこに亀助が座っておったのだ。わしと話し合って、お末に損料を五十両払っていった。それでどうするお利？」

「ご、五十両なんて……」

「お利、わしは将軍さまの城下を任されている北町奉行だ。所払《ところばら》いでも十里四方《じゅうりしほう》所払いでもできるのだぞ。わかっているだろうな」

「十両で勘弁してください。お奉行さま……」

「お利、生娘《きむすめ》のお末を汚して損料十両はないだろう。闕所《けっしょ》の上、十里四方所払いか？」

「さ、三十両で！」

「うむ、いいだろう。明日の昼、午《うま》の刻（午前十一時〜午後一時頃）までに奉行所へ納めるように。どうだ、今日は牢に泊まっていくか？」

「そんな、ひどいよ……」

「そうか、喜平次、お利を瓢屋まで送り届けろ！」

「承知いたしました」

勘兵衛は、お末のために亀助から五十六両、お利から三十両を取り上げた。この世の中で最も悪党なのは自分ではないかと勘兵衛は苦笑する。

亀助とお利を散々脅して八十六両もの大金を召し上げたのだから相当に悪い。

翌朝、鬼火一味の赤猫金太が小男であると与力と同心に知らされた。ただ、小男というだけであまりに漠然《ばくぜん》としている。だが、一つでも手掛かりは大切だ。

昼前にお利の使いの者が来て、奉行所に三十両を納めていった。

「お末、その八十六両はそなたが苦労したから、その苦労分を奉行が取り返したものだ。わかっているな？」

「はい、一生大切にします」

「それでいい。そなたを川越に送っていくのは誰がいいかだ」

「あのう、雪之丞……」

「ほう、雪之丞が好きか？」

お幸が袖で口を押さえてクククッと笑った。二人で雪之丞の噂をしていたのだ。それを聞いていた喜与もニコニコしている。

「よし、雪之丞に送らせよう。誘惑して見ろ……」

「クッ……」

お幸とお末が両手で顔を覆った。無邪気に大喜びなのだ。

翌朝、まだ薄暗いうちに起きて支度をし、雪之丞とお末が喜与とお幸、宇三郎と妻のお志乃《しの》に見送られて奉行所を出た。

中山道を板橋宿まで行き、平尾追分《ひらおおいわけ》で川越街道に入る。十里（約四〇キロ）ほどの道で、少し頑張らないとその日のうちに川越には着かない。

それなのに、本郷を過ぎたあたりで「疲れたよ……」とお末が歩かなくなった。

「歩けよッ、今日中に川越に行くんだから！」

「無理、十里以上だよ……」

「だから頑張って歩け！」

「無理、足が痛いんだもの……」

「いいから歩け！」

雪之丞が先を行く。お末は何んとか雪之丞に背負ってもらいたい。

そのお末は、川越に帰るだけなのだから何日かかってもいいと思っている。だが、雪之丞は、川越から早く戻らないと奉行所でからかわれる気がする。

ちぐはぐな若い二人連れだ。

ぶらぶら歩くお末を道に立って待っている雪之丞はやさしい。

「早く歩けよ」

「板橋宿で泊まろう……」

「何を言っているんだ。今日中に戻ってくるんだから……」

「無理だって、そんなに歩けないよ」

「夜も歩くから……」

「無理、意地悪なんだから……」

早々と若い二人は喧嘩《けんか》になりそうだ。

巣鴨《すがも》村で一休みして、昼前に板橋宿に着いてまた一休みと、何んとものんびり旅になってしまった。

「お末、板橋宿には見張りの役人が大勢いる。ここだけは頼むから急いでくれ……」

「泥棒の見張り？」

「そうだ。兎に角急げ！」

二人は小走りで急ぎ、平尾追分で中山道から川越街道に入った。

途端にお末が止まってしまった。

「疲れたよ……」

雪之丞が急いでも、お末が動かないのだから仕方がない。

「ねえ、ゆっくり行こうよ……」

「これ以上ゆっくりだと眠くなっちゃうよ」

「寝よう、一緒に寝よう、次の宿で寝ちゃおう……」

「駄目、駄目だ。川越まで寝ないでも歩く！」

「嫌だよ！」

お末が道に立ち止まってしまう。

「ほらそこに蛇《へび》だ！」

「ギャーッ！」

「逃げろッ！」

雪之丞が走る。それをお末が追う。そんなことを繰り返して何んとか白子宿《しらこじゆく》まで来たが、遂《つい》に、お末が歩かなくなった。

「ここに泊まろうよ……」

「駄目だ。まだ日は高いじゃないか」

「じゃあ、次で、いいでしょ。もう歩けないんだってば！」

お末が怒ってしまった。歩きなれていないのだから仕方ないともいえる。

「仕方ないな。次の膝折《ひざおり》宿まで歩けよ」

「泊まるんだね？」

「うん……」

わがままなお末に雪之丞が折れるしかない。日がだいぶ傾いてから膝折宿で、遂に旅籠《はたご》に入った。

「部屋を二つ……」

「お客さん、二人で一部屋ですよ。二つなんて空いていませんから……」

「いいですよ。一つで……」

お末がさっさと部屋に上がってしまった。泊まるとなればお末のものだ。

雪之丞は夕餉を取るとすぐ横になって寝てしまった。それではおもしろくないのがお末だ。

駄々をこねたのも雪之丞が好きだからだ。

一晩中、二人ですったもんだしていたが、結局、夜半になってお末が雪之丞をものにした。

翌朝、日が高くなってから二人は起き出して、大欠伸《あくび》をしながら旅籠を出てダラダラと歩き出した。

「ねえ、次で泊まろうよ……」

歩き出してすぐ旅籠に泊まる相談だ。

「いいでしょ、ねえ……」

「うん、いいよ」

「お役人だけど雪之丞が好きだから……」

天真爛漫《てんしんらんまん》なお末が雪之丞の腕にぶら下がって街道を歩くのだから、女は強い。

昼が過ぎた未《ひつじ》の刻（午後一時〜三時頃）には、早々と大和田《おおわだ》宿の旅籠に入ってしまった。後に大和田宿は上宿《かみしゆく》、中宿《なかしゆく》、下宿《しもしゆく》と大きくなる。

翌日、川越中院の傍の百姓家にお末を送り届けると、お末の親が引き留めるのを振り切って雪之丞は走り出した。刀を鞘ごと抜いて担《かつ》ぐと、走りに走って真夜中の丑《うし》の刻（午前一時〜三時頃）には板橋宿まで戻ってきた。

「どうした。こんな夜中に？」

「奉行所に帰る。なにかありますか？」

「板橋宿に異常はないと長野さまに伝えてくれ……」

「承知しました！」

雪之丞は見張所から飛び出すと、江戸に向かってまた走り出した。寅《とら》の刻（午前三時〜五時頃）に奉行所へ戻ると倒れ込んでそのまま寝てしまった。

登城する前の勘兵衛にお末を送り届けたと報告する。

「どうだ。良かったか？」

「はいッ！」

「そうか、女に溺《おぼ》れるな」

「はい！」

雪之丞は勘兵衛に素直だ。聞かれれば何んでも答える。

「よし、半左衛門に聞いてすぐ見張りにつけ！」

「はいッ！」

「雪之丞もいい男になってきた」

「はい……」

半左衛門は雪之丞を甲州街道の見張りに回した。

江戸に入る街道の内藤新宿、板橋宿、品川宿、千住宿など四つの宿に、与力一人に同心三人を配置した。

鬼火一味が江戸に入るところを捕捉《ほそく》できれば最も望ましいが、手掛かりがあまりに少なく、江戸に入られる公算の方が高いと半左衛門は思っている。

それは勘兵衛も同じだ。

だが、江戸に入られれば仕事をされてしまう。

仕事だけでなく放火もされる。そうなれば最悪の事態だ。何んとか奴らが江戸に入る前に捕縛したい。

その可能性は極めて低い。

江戸に入られたら出るところを捕まえる手しか残っていない。

いち早く江戸から出る道を封鎖することが、鬼火一味を捕らえる最後の機会になるだろう。

既に与力と同心の動きを決めた。

奉行所が一丸となって鬼火一味を追う臨戦態勢に入っている。

圧倒的不利な戦いだ。その態勢に入って半月が過ぎた頃、満天の星明かりの夜、日本橋備前屋《びぜんや》から出火して燃え上がった。

その時すぐ動き出したのが、伝馬町《てんま》牢屋敷に近い鬼屋長五郎の一家だった。

勘兵衛は飛び起きると、着替えて許されている陣笠《じんがさ》をかぶり、太刀《たち》を握って玄関に出ると馬が引かれてきた。

「配置についたかッ？」

「はいッ！」

既に奉行所に待機していた与力、同心は配置先に走っていた。

江戸の出入り口を塞《ふさ》ぐ大作戦だ。

鬼火一味の捕縛は配下に任せて火事場に向かう。

傍には文左衛門と吟味方同心の沢村六兵衛《さわむらろくべえ》、書き役同心の岡本作左衛門《おかもとさくざえもん》、牢屋敷見廻同心の赤城登之助《あかぎのぼりのすけ》の四人だけだ。

町奉行がわずか四人の供だけで奉行所を出るなどあってはならないことだ。万一のことがあってはならない。

老中に知られると軽率だと厳しく叱られる。

町奉行は幕府の評定《ひょうじょう》にも出る重職なのだ。騎乗した勘兵衛の馬が火に怯えないよう、厩番《うまやばん》が左右から轡《くつわ》を取っている。

奉行所には長野半左衛門が残り、その傍には書き役の村上金之助《むらかみきんのすけ》がいた。

「長五郎ッ、伝馬町牢屋敷に燃え移る心配はないなッ？」

「お奉行さまッ、心配ございませんッ！」

「風向きはッ！」

「わずかに南です。あの二軒ほどを曳き倒します！」

「おう、すぐやれッ！」

勘兵衛が下馬した。

「馬を向こうに連れて行け！」

見ている前でミリミリと家が曳き倒される。

「長五郎、備前屋の者は？」

「それが……」

「やられたか？」

「はい、誰も逃げていないようですので……」

「鬼火だな？」

「間違いないかと……」

長五郎が鬼火一味の付け火だと勘兵衛に伝えた。警戒を潜《くぐ》り抜けて江戸に入り込んだと思う。

「それにしても燃えるな。火の粉もずいぶん飛ぶ？」

「備前屋は木綿《もめん》問屋ですから……」

「そうか！」

勘兵衛が燃え盛《さか》る炎をにらんでいる。

木綿は延暦《えんりやく》十八年（七九九）に三河へ漂着したインド人が日本に伝えたが、栄えずに途絶えたため明《みん》や朝鮮《ちようせん》から輸入する高級品だった。

乱世も終わりに近い信長《のぶなが》の頃になると、木綿の利用が急に膨《ふく》らんで国内でも栽培されるようになった。

すると広く木綿が普及して備前屋のような木綿問屋が繁盛するようになった。

そこを鬼火一味に狙われた。

「お奉行さま！」

「おう、石出帯刀殿《いしでたてわき》！」

「手伝いにまいりました。鬼屋、早かったな！」

「はい、ご苦労さまです」

伝馬町牢屋敷に近い火事で、牢屋奉行の石出帯刀が配下十五人ほどを連れて出てきたのだ。その時、燃え移った家がミリミリと曳き倒された。

「長五郎、もう一軒だな。燃え移りそうだぞ」

「はい、お滝、あの家を曳き倒せと万蔵に伝えろ！」

「うん！」

チラッと文左衛門を見てから、腰に鳶口を差したお滝が走って行った。彦野文左衛門の好きな、男まさりの娘だ。

その頃、鬼火一味は千両を超える小判を持って、板橋宿に向かっていた。

ところが、本郷から巣鴨村に入るあたりで、追いかけてくる馬に気づいて一味が道の傍の藪《やぶ》に隠れた。

その前を馬に乗った秋本彦三郎《あきもとひこさぶろう》が、同心二人と捕り方五人を率いて板橋宿に向かって駆け抜けた。

「お頭、手が回ったぜッ！」

鬼火一味は九人で逃げていた。

「慌てるなッ。鬼勘め、街道を塞《ふさ》ぐつもりだ！」

「くそッ！」

「江戸から出られなくするつもりか？」

「それなら火をつけまくってやる。江戸を丸焼けにするぞ！」

「赤猫、まだ逃げられないと決まったわけじゃねえ。慌てるんじゃねえ……」

「お頭、北町の手配りだぜッ！」

「ふん、いざとなれば斬り抜けるだけだ！」

紀左衛門は冷静だ。

腰に脇差しか差していないが、鬼火の頭は大越《おおこし》紀左衛門という浪人で小太刀を使うのだ。

鬼火一味の強みは、他に佐々木《ささき》史十郎《しじゆうろう》と桑原吉兵衛《くわはらきちべえ》、森六兵衛《もりろくべえ》という三人の浪人がいることだ。

「よし、道を変えよう。王子稲荷《おうじいなり》に迂回《うかい》して千住に出るか、それとも板橋の先、志村《しむら》あたりに出るかだな？」

「鬼火じゃなくて狐火《きつねび》か、王子の狐だ。へへへッ……」

小男の赤猫金太がうれしそうに笑う。

「よし、王子に行こう」

一味九人が道を変えて王子に向かった。

「王子の狐火が見られるか？」

金太が暢気《のんき》なことを言う。小平《こへい》と佐助《さすけ》が奪った小判を背負っている。金次《きんじ》と八太《はちた》が一番後ろを警戒して歩いていた。

中山道から離れて半里（約二キロ）ほど北に向かうと飛鳥山《あすかやま》がある。

その山の手前に百姓家が数軒並んでいた。

紀左衛門が立ち止まって脇差の柄《つか》を握った。百姓家の暗い軒下から星明かりに出てきた黒い影をにらんでいる。

「鬼火、どこに行く？」

「誰だッ！」

「王子の狐だ……」

「ふざけやがってッ！」

紀左衛門が脇差を抜くと、三人の浪人が影を囲むように動いて太刀を抜いた。

そこにバラバラと二人の同心が走り出た。

「くそッ、北町だな？」

続いて捕り方が三人飛び出した。

「鬼火、神妙にしろ、逃げられないぞ！」

「うるさいッ！」

「仕方ない。うぬら外道にはここで死んでもらう。来い！」

声に反応して佐々木史十郎が上段から影に斬りつけた。だが、一瞬早く黒い影が動いた。後《ご》の先《せん》を取った鋭い剣風で史十郎の胴を横一文字に斬り抜いた。

「ンガッ！」

史十郎が傍の藪に頭から突っ込んでいった。

「居合だ。気をつけろッ！」

桑原吉兵衛と森六兵衛が影を左右から挟んだ。その影がジリジリと吉兵衛を道端の藪に追い詰める。

「おのれッ！」

苦し紛《まぎ》れに太刀を上段に振りかぶって斬ってきた。また影が動いた。吉兵衛の右わき腹から左わきの下に斬り上げた。「ウグッ！」血が飛び散って後ろにひっくり返る。

星明かりの影は反転すると、ツッツッとすり足で六兵衛に突進、逃げようとした六兵衛の左腕を斬り落とした。

「ギャーッ！」と凄《すさ》まじい悲鳴が響くと、近くの百姓家に灯《あ》かりがついた。

「鬼火、王子の狐はうぬらを許さぬ。皆殺しだ！」

「おのれ！」

脇差を抜いているが、二歩、三歩と間合いを広げる。

頼りの浪人三人を一瞬で倒したのだから勝てないと思った。だが、逃げられない。後ろには二人の同心と三人の捕り方がいる。

やぶれかぶれで紀左衛門が斬りつけたが、その右腕の手首を斬り落とした。脇差を握ったまま右手首が宙に飛んだ。

紀左衛門が道端に転がってじたばたと暴れる。

「痛いか、うぬに殺された者たちに念仏でも唱えろ！」

青木《あおき》藤九郎の居合は奉行所の道場で鍛《きた》えられ強い。滅多に使わないが、抜いたら必ず相手を斬っている。

「赤猫ッ、前に出ろッ！」

残された五人が同心と捕り方に囲まれている。

「小男というからお前だ。赤猫、出ろ！」

「へい……」

観念して藤九郎の前に立った。その瞬間、藤九郎の太刀が一瞬で赤猫金太の腕を肘《ひじ》から斬り落とした。

「火あぶりの前に少し苦しめ！」

小平と佐助が、背負っていた小判を地面に置いて土下座する。その後ろに金次と八太も平伏する。

「次は誰だッ！」

藤九郎が四人をにらんだ。

ブルブル震えて小平と八太が小便を漏《も》らしている。

同心の森源左衛門と黒井新左衛門が太刀を鞘に納めた。鬼火一味との戦いが終わった。

「四人を縛り上げろ。近所の百姓家から戸板五枚と人を十五人ばかり集めろ！」

死骸も奉行所に運ぶつもりだ。

「板橋宿に走ってみなを呼んできてくれ！」

藤九郎が捕り方の一人を板橋宿に走らせた。灯かりがついた近所の百姓家から次々と野次馬が出てくる。

六兵衛ら三つの死骸と腕を斬られた紀左衛門と赤猫金太を運ぶ人足が集められた。二人の斬られた腕は紐《ひも》できつく縛られている。

五枚の戸板が並べられ、その上に次々と死骸を乗せ、紀左衛門と金太を乗せていると、青田孫四郎と柘植久左衛門が馬で駆けつけた。

「おう、お手柄！」

「こ奴が鬼火か、こっちの小男が赤猫金太か、おいッ、斬られると痛いだろう。馬鹿者が！」

斬られて縛られた腕を青田孫四郎がピシッと馬の鞭で叩《たた》いた。

「ギャーッ！」

「北町のお奉行をなめるからだぞ。おぬしらの頭で勝てるお奉行ではないのだ！」

また、ピシッと縛られた腕を叩いた。

奪われた小判も戸板に載せられる。

そこに板橋からの同心と捕り方がバタバタと駆けつけた。

真夜中の大捕りものが終わった。青木藤九郎の神夢想流居合《しんむそうりゅういあい》の凄まじさを同心と捕り方が見た。

日頃の鍛錬の成果だ。

柘植久左衛門が先に奉行所に走って、鬼火の紀左衛門一味が王子の飛鳥山で捕縛されたと半左衛門に伝えた。

「全員か？」

「九人全員です」

「よし、金之助、お奉行にお知らせしろ！」

「承知しました！」

金之助が奉行所から飛び出した。その頃、勘兵衛は火事場にいた。

「久左衛門、うまくいったな？」

「はい、浪人三人を斬り捨てた青木殿の腕はやはり凄《すご》い。見た者は背筋が凍《こお》ったということだ」

「なるほど、王子稲荷に迂回するかもしれないと言ったのは藤九郎殿だ。居合の名人はいい勘をしている」

「剣客の勘ですか？」

「だろうな……」

二人が藤九郎の手柄を話している。

「ところで、何人殺されたのだろう？」

「鬼火は何も言っていないのか？」

「手首を斬り落とされて痛がっていたからまだのようだ……」

「手首を、それは自業自得だ！」

その頃、備前屋の火事が鎮火していた。

夜明けが近い。焼け跡で埋もれ火に注意して、鬼屋の配下四十人余りが死人を探していた。

それを勘兵衛は見ている。

「お奉行！」

「どうした金之助、捕まえたか？」

「はい、王子の飛鳥山で青木さまが全員捕まえましてございます」

「よし、文左衛門、ここに残れ！」

文左衛門と金之助、赤城登之助を残し、沢村六兵衛と岡本作左衛門を連れて奉行所に戻ってきた。

「藤九郎はまだか？」

「間もなくかと思われます」

「そうか……」

勘兵衛は奥に引っ込んで、起きている喜与に手伝わせて着替えた。

「火は消えたが何人殺されたかわからん……」

独り言のように言う。

「何人も殺されたのですか？」

「おそらくな。逃げられたかと思ったが藤九郎が鬼火を捕まえた」

「ええ、飛鳥山だそうで……」

「板橋からは出られないと考えて王子に回ったのだ。そこに藤九郎が待ち伏せしていたということだ。藤九郎は居合を使う。鬼火めは一番逃げられないところに逃げたのだ」

「悪運が尽きましたか？」

「そういうことだな。これまで何人殺したか？」

「そんなに？」

「中山道筋を荒らしまわったというから五十人は超えるだろう」

「まあ……」

　勘兵衛は少し気が落ち着いて煙草を吸った。

　事件が解決したあとの自慢の銀煙管の一服は格別にうまい。近頃は慣れてきて煙にむせることもなくなった。

「お奉行、只今《ただいま》、戻りましてございます」

「おう、藤九郎、入れ！」

「失礼いたします」

　大活躍の藤九郎が部屋に入ってきた。

「ずいぶん返り血を浴びたな？」

「未熟にて、洗えばよいことでございます」

「喜与、わしの小袖《こそで》を褒美《ほうび》にやれ……」

「はい……」

「お奉行、勿体《もったい》ないことにございます」

「遠慮するな。その血は洗ってもきれいにはならぬのではないか？」

「登勢《とせ》に洗い張りをさせますので大丈夫でございます」

「そうか、ところでお登勢は何か月になる？」

「七か月にございます」

「年内には生まれるな？」

「はい……」

そこに喜与が、勘兵衛の小袖を持って戻ってきた。

「藤九郎、急いでそれに着替えてこい。わしは公事場にいる」

「はッ！」

勘兵衛が公事場に出ていくと、戸板五枚が並び四人が縛り上げられている。

「奪われた小判は何枚ある。作左衛門、そなたが預かっておけ！」

「はッ！」

「孫四郎、何人殺したか吐《は》いたか？」

「まだでございます」

「よし、知っている者がいるはずだ。一人ずつ、そ奴らの腕を斬り落とせ！」

「承知いたしました！」

「北町奉行所の恐ろしさを思い知らせてやれ！」

「はッ！」

青田孫四郎が太刀を抜いた。

「お、お許しをッ、八、八人ですッ！」

「そうか、お前たちの仲間は九人で全員か？」

黙ってしまった。

「九人では少ないと思ったが、やはり仲間がいるのか？」

「どこにいる？」

孫四郎が刀を縛られた男の首につけた。

「斬れ！」

「はッ！」

「言う、言います。下諏訪《しもすわ》だ……」

「下諏訪のどこだ？」

「わ、和田屋《わだや》……」

「何人だ？」

「五人、五人だ……」

「孫四郎、倉之助、市兵衛、下諏訪の五人を斬り捨ててこい！」

「はッ！」

夜が明けたばかりの奉行所から三騎が飛び出した。道中奉行が設けられるのはこの五十年後で、奉行所は何んでもやらなければならない。

勘兵衛は悪党をどこまででも追う覚悟でいる。

「源左衛門、火事場の文左衛門に、殺されたのは八人だと伝えろ！」

「承知いたしました！」

「新左衛門、不忍の直助に、鬼火一味を捕まえたと伝えてこい！」

品川宿、内藤新宿、千住宿から配置されていた与力、同心が続々と戻ってきた。

第五章　長崎《ながさき》の平蔵《へいぞう》

九月二十三日に江戸城本丸が完成した。

諸大名に命じられた天下普請《てんかぶしん》はまだ続いている。

鬼火一味は紀左衛門と金太、小平と佐助、金次と八太の六人が、江戸を引き回され火刑《かけい》にされた。

放火犯は火刑にするのが江戸の決まりである。

罪人が死ぬと止め焼きが行われた。

男は鼻と陰嚢《いんのう》を焼かれ、女は鼻と乳房《ちぶさ》を焼かれて刑が終わる。

鬼火一味は巣鴨刑場で火刑にされ、三日三晩晒《さら》された後で放置され、野犬や鳥の餌《えさ》にされた。

そんな処刑を冷静に見ている者がいた。

「自業自得、ぶざまな男だ」

「鬼火などと威勢はいいが、鬼勘をなめるからだよ」

「そうだね。ところで姉さん、左近《さこん》さまが江戸に来るって本当なの？」

時蔵《ときぞう》一味のお園《その》と六条《ろくじょう》のお珠《たま》の二人が、見せしめの火刑を竹矢来《たけやらい》の外から見ていた。

「保土ケ谷《ほどがや》のお杉婆《すぎばあ》さんが言っていたから。誰に聞いたの？」

「小頭……」

「亀太郎《かめたろう》さんか、左近さまは阿弥陀《あみだ》の十兵衛《じゅうべえ》小頭と一緒だそうだ」

「そう、阿弥陀の小頭が来るんだ？」

「亀太郎さんが上方《かみがた》に移るそうだ」

「あたしらは残るんだ？」

「そうだね。そのうちつなぎが来るだろうよ」

「うん……」

「それじゃね……」

二人が巣鴨刑場から消えた。怪《あや》しまれないように早々に別れた。

再び、時蔵一味が動き出していた。

左近というのは時蔵の弟で、時蔵、仁右衛門《にえもん》、左近と三兄弟だ。傍《そば》には阿弥陀の十兵衛という小頭を務める老臣《ろうしん》がついている。

この頃、時蔵は九州《きゅうしゅう》にいた。

勘兵衛の北町奉行所はできたばかりの時に、この時蔵に大仕事をされキリキリ舞いをさせられた挙句《あげく》、ものの見事に何《な》んの手掛かりも残さず逃げられた。

北町奉行所の最初で最大の汚点なのだ。

その時蔵一味は無傷のまま江戸、東海道《とうかいどう》筋、京、大阪、西国筋、九州などに健在だった。

時蔵を奉行所の砂利敷まで引き立ててきながら、甘い取り調べで逃げられたのだから勘兵衛には忘れられない事件になった。

小雪《こゆき》は於勝《おかつ》と一緒に京の東山高台寺《ひがしやまこうだいじ》の近くにいる。鎌倉から戻って京に暮らし、時々、高台寺に顔を出した。高台寺は秀吉の妻で北政所《きたのまんどころ》お寧《ね》の寺である。

お寧は健在だった。

時蔵一味はいくつかの組に分かれている。

京の阿弥陀の十兵衛、大阪の百草《もぐさ》の文造《ぶんぞう》、東海道筋には三保《みほ》の直次郎《なおじろう》、中山道筋には上松《あげまつ》の惣兵衛《そうべえ》、九州には南蛮太郎《なんばんたろう》などが配置されていた。

千寿《せんじゅ》の亀太郎の組は江戸で大きな仕事をして上方に去った。

江戸に残ったのはお珠とお園、万太《まんた》と錠前師《じようまえし》の直蔵《なおぞう》だけだ。四人は滅多《めった》に連絡も取り合わずバラバラに暮らしている。

どこにいるかだけは互いにわかっていた。

万太は白粉《おしろい》売りをしながら江戸のどこにでも出入りしている。

白粉の歴史は古く、日本に伝来したのは飛鳥《あすか》期というからずいぶん昔だ。体に良くない成分が含まれていたが知る人はいなかった。粉白粉や水白粉などが売られた。

万太はどれほどの貯《たくわ》えがあるか、大店《おおだな》や中店《ちゆうみせ》の家族構成や使用人の数、主人の病の有無まですべてを詳細に調べた。

その狙《ねら》ったところに、お珠やお園を送り込む。

半年、一年、場合によっては三年、四年とかけて、どんな錠前かなどを調べ上げると、その鍵を直蔵が作る。仏具や家具の飾り金具を作る彫金師《ちようきんし》で、錠前には詳しい。

頼まれれば武具の金具なども作る。

この頃の錠前は、それほど進歩していない和錠がほとんどだった。鍵の型で複製しなくても、直蔵は易々《やすやす》と錠前を開錠できた。

そんな江戸組の四人が待っている男が、東海道を東に向かっていた。

晩秋の箱根路《はこねじ》は木々も葉を落とし、雪を頂《いただ》いた富士《ふじ》の山から吹き下ろす風が冷たい。

「十兵衛、富士という山は、どこから見ても優美で清々しい山だな？」

「左近さまもそう思われますか？」

「うむ、三保の富士は秀麗《しゅうれい》、富士川の富士は雄大、この箱根から見る富士は神秘だな」

「それがこのお山の不思議なところで、甲斐《かい》の富士は荘厳にて東海道の富士とはまるで違います」

「見たのか？」

「はい、以前、伊織《いおり》さまのお供をしまして、下諏訪から甲州街道を下ったことがあります」

「兄上は何んと？」

「富士の気高さは大きいからだけではない。信仰されているからだと申されました」

「そうか、富士は神か……」

「はい、このお山は古くから神の山として、多くの人々に信仰されてきました」

「なるほど、富士の気高さは信仰があるゆえか……」

左近は、時蔵と名乗る兄の伊織を尊敬している。

「この峠《とうげ》から東が関東になります」

「江戸だな？」

「はい、まずはお杉婆《ばば》のところに……」

「うむ、何年になるか？」

「左近さまがお会いになられるのは十二、三年ぶりかと……」

「そうだな、まだ小さかった」

二人は箱根峠を超えて保土ケ谷に向かった。既に誰もいない鎌倉に立ち寄ることはしない。捨てた場所には誰も近づかなかった。

笠《かさ》をかぶった武家の主従が、保土ケ谷宿の外れ、お杉の百姓家に着いた。杉と欅《けやき》の大木に囲まれた静寂の中に、目立たないよう灌木《かんぼく》が百姓家を隠している。

人の出入りがわからない。

近くに一軒も百姓家はないが、それでも二人は警戒して暗くなってから入った。

「お杉！」

「左近さま……」

「来たぞ。お婆！」

「ご立派になられて……」

　一人暮らしのお杉が目に涙をため、孫でも迎えるように、うれしさいっぱいで左近を見る。

「お杉も達者のようだな？」

「お陰さまで病知らずで暮らしております」

「それが一番だ」

「はい、十兵衛さまもお元気そうで、ようございました」

「うむ、久しぶりに京から出てきたが、少々、遠く感じてしまったわい、もう年かのう……」

「まだまだ！」

　笑顔のお杉が励ますように十兵衛にいう。

「これから大仕事をしていただかないといけません」

「そうだな……」

お杉は凜《りん》として武家の女だとわかる。お杉には孫が一人いて、名は長岡虎之助《ながおかとらのすけ》という。今は九州にいる。

「品川宿に入る時は、笠を取らないと咎《とが》められます」

「うむ、それは聞いた。夜、笠をかぶって歩いて役人に斬られたそうだな？」

「そうです。近頃起きた事件です」

「平塚《ひらつか》宿の旅籠《はたご》の親父《おやじ》から聞いたのだ」

「街道筋では旅の人方に注意するよう知らせているそうです」

「兄上から北町奉行の米津には気をつけるようにと……」

「そうです。伊織さまが鎌倉まで追われたほどですから、米津という奉行は尋常ではありません。家康が直々に抜擢《ばってき》して江戸を任せたと言われています」

「なるほど……」

左近は気を引き締めた。わずかな油断が命取りになりかねない。

その夜、白粉売りの万太が現れた。

「左近さま、お早いお着きで……」

炉端《ろばた》で左近に挨拶する。

「うむ、江戸のみんなは元気か？」

「はい、上方の皆さまも？」

「みんな達者にしている。ところで、どうなのだ江戸は？」

十兵衛が聞いた。

「北町奉行所にずいぶん捕らえられています。仕事の前にその場で斬り捨てられた者も多いようです」

「そうか、万全を期して油断なくすることだな？」

「はい……」

「狙《ねら》いは？」

「大店を二か所ほど探しておきました。他にも少し小さいですが一か所ほど……」

「よし、見よう……」

万太が懐から紙縒《こよ》りで綴《と》じた薄い帳面を出した。

「これに三か所の図面と、調べ上げたことをすべて書いてございます」

「その三か所の中でどこが良いと思う？」

「はい、一番は日本橋の両替商、三河屋七兵衛《みかわやしちべえ》です。五千両は下らないと思いますが、ここは警備が厳重にて毎晩剣客が詰めております」

「用心棒か、剣の使い手だな？」

「そうです。相当な腕だとの噂《うわさ》です」

「危険だな？」

「はい、二番には同じ日本橋の呉服屋、美濃屋宗助《みのやそうすけ》で三千両は下らないと見ています。三番が神田の廻船《かいせん》問屋下総屋太左衛門《しもふさやたざえもん》で、ここも三千両ほどは蔵に入っていると思われます」

「美濃屋と下総屋のいずれかということだな？」

「はい、三河屋を破ってみたいとも思いますが、やはり……」

「危険なことは駄目だ！」

「承知しております」

　この時蔵一味はこれまでの盗賊と違い、決して人を傷つけないだけでなく、他の盗賊や浪人と交わることがないため、不忍の商人宿《あきんどやど》のようなところは使わない。

　そのため、時蔵一味のことは小さな噂一つどこにも出てこなかった。

　商人宿の直助も、時蔵一味のことだけはまったく知らないのだ。不思議な一味で、どこにも足跡が残っていない。

鎌倉で偶然に追い詰めたのが唯一なのだ。

それでいて一味の頭目だけが奉行所に顔を知られている。武家だということも相当な剣の達人だともわかっている。

「吟味《ぎんみ》してどこにするか決める」

「承知しました」

「お珠は雑司《ぞうし》ケ谷村《やむら》だったな？」

「はい、鬼子母神《きしもじん》の傍にございます」

「鬼子母神？」

この鬼子母神像は、四十五年ほど前の永禄《えいろく》四年（一五六一）に近くの山村丹《やまむらたん》右衛門《えもん》が井戸から掘り出した。

その十七年後の天正《てんしょう》六年（一五七八）に草庵《そうあん》を建立してお祀《まつ》りしたのが始めで、この頃は安産や子育ての神さまとして信仰を集めている。

近くの百姓家の老婆が茶を飲ませる店を出していた。

この草庵は法明寺《ほうみょうじ》の境内《けいだい》の中にある。お珠の住まいは巣鴨刑場と二十町（約二・二キロ）も離れていなかった。

あの日、鬼火の処刑を見にいって、たまたまお園と出会った。

万太がその日は泊まって、翌朝まだ暗いうちにお杉の百姓家を出た。

そんな動きを時蔵一味がしているとは、勘兵衛が知る由もない。ただ、いつか再び時蔵が江戸に現れるのではないかと考えてはいた。

この時、時蔵は九州長崎にいた。

長崎奉行は、この年から長谷川《はせがわ》左兵衛《さへえ》藤広《ふじひろ》に代わっていた。

藤広は伊勢《いせ》国司《こくし》の公家大名中納言《ちゅうなごん》北畠《きたばたけ》具教《とものり》の家臣だったが、剣豪北畠具教はあまりに強く、信長に騙《だま》され、刃引《はびき》の太刀で戦わされて織田《おだ》軍に殺される。

藤広は、妹のお夏《なつ》を家康の側室に差し出してその家臣になった。長崎奉行への就任はお夏のお陰だと誰もが思った。

外様《とざま》の家臣が長崎奉行とは異例の出世だった。

実は、お夏が十七歳の慶長二年（一五九七）に二条《にじょう》城の奥勤めになり、家康に見初《みそ》められたのだ。その兄が出世するのは当然である。

そんな新任奉行の隙を時蔵一味は狙った。

この頃、長崎には末次平蔵《すえつぐへいぞう》という豪商がいた。

平蔵はジョアンというキリシタンだったが、秀吉や家康がキリシタン禁令を出すようになると棄教《ききょう》、家康に近づき朱印《しゅいん》船貿易で安南《あんなん》、シャムなどから香木《こうぼく》の伽《きゃ》羅《ら》を運んで大儲《もう》けをしていた。

家康の朱印船貿易の目的は、高価な香木の伽羅を手に入れることだった。

その上、平蔵は棄教するとキリシタンを迫害するようになる。

その豪商末次平蔵の蔵を襲った。

時蔵と南蛮太郎は、お類《るい》とマリア里《さと》を下女として送り込んで内部を調べさせると、直蔵、直五郎《なおごろう》、江戸から戻った球磨《くま》の小三郎《こさぶろう》、やはり江戸から来た赤鼠《あかねずみ》の太助《たすけ》、島の八兵衛《はちべえ》、お杉の孫虎之助、海賊《かいぞく》長《ちよう》七郎《しちろう》ら九人が忍びこんだ。

直蔵は三年もマカオに行って、南蛮《なんばん》錠の開錠を覚えてきた名人だ。

朱印船が出たばかりだったが、平蔵の蔵には二千両以上が残っていた。それを運び出すと、お類とマリア里を連れて、時蔵は東の茂木《もぎ》の海に走った。

茂木の湊《みなと》から二艘《にそう》の小船に飛び乗ると、対岸の天草《あまくさ》の志岐《しき》に向かった。そこが南蛮太郎こと竹内《たけうち》庄左衛門《しようざえもん》の本拠になっている。

末次平蔵の知らせを聞いて、朝早くから長崎奉行所の役人が駆けつけたが、何の手掛かりも残さず蔵の黄金は消えていた。

犯人は皆目見当がつかない。黄金とともに下女二人が姿を晦《くら》ましている。

「女を探せッ！」

就任早々の事件に長谷川藤広は激怒したが、何をしていいのかわからず、やみ雲に役人を叱るだけだ。女を探せと言っても雲をつかむような話だ。

この末次平蔵は二十四年後、寛永七年（一六三〇）に江戸に連行され、牢獄《ろうごく》に幽閉され幕臣によって惨殺《ざんさつ》されてしまう。

その殺された理由は、幕府の重臣が密貿易に手を出していることを長崎にいた平蔵が知ったためだといわれる。密貿易は、香木の伽羅を筆頭に利益が実に太く、幕府内にも密《ひそ》かに手を出す者がいた。

この密貿易に最も熱心なのは薩摩の島津《しまづ》家だった。

薩摩半島の南端、坊津に密貿易屋敷を構えて本格的に行った。

薩摩は言葉や風習が違い、他国者を国に入れなかった。そのため、島津家の密貿易は発覚することなく、その莫大《ばくだい》な利益はやがて討幕の資金になる。

時蔵一味は天草の志岐に戻ると動きを止めた。一人去り、二人去り、時蔵と南蛮太郎を残して、全員が各地に散って行った。

「伊織さまはこれから京へ？」

「そうだな、急ぐ旅でもなし、大矢野《おおやの》島に行き八代《やつしろ》に出て、阿蘇《あそ》から豊後《ぶんご》へと歩いてみようと思う」

「それでは八代までお見送りを……」

「庄左衛門、見送りには及ばぬ、一人旅を楽しみたいのだ」

「そうですか、それではお見送りは致しませんがお気をつけられて……」

「うむ、京か堺《さかい》にいるつもりだ」

「承知いたしました」

時蔵の本当の狙いは家康の命なのだ。

暗殺はほぼ不可能だと考えている。頼りは大阪城だった。

大阪城に豊臣秀頼《ひでより》がいる以上、必ず家康と手切れになって、どこかで大きな戦いになると考えていた。

望みは二度目の関ケ原の戦いだった。

時蔵には関ケ原の敗北が信じられない。どう考えても西軍が敗れるような戦いではなかった。

あの時、時蔵は西軍小西行長《こにしゆきなが》の傍にいた。

小西行長はアウグスティヌスという洗礼名を持つキリシタン大名で、秀吉から九州肥後《ひご》の宇土《うと》、益城《ましき》、八代に二十万石余を与えられた大大名だった。

関ケ原の戦いで敗れると、キリシタンは自殺を許されないことから腹を斬らずに捕縛される。

その時、行長は正室ジュスタ菊《きく》、母マグダレーナ和草《わくさ》、娘の小雪を時蔵こと伊織に託して逃がしたのだ。その後、小西行長は石田三成《いしだみつなり》、安国寺恵瓊《あんこくじえけい》とともに京の六条河原《ろくじょうがわら》で斬首された。

それを伊織は見た。

以来、伊織の敵は家康になった。

このまま天下が治まるはずがない。西国、九州にはキリシタンが多い。秀吉と家康に迫害されてきた。何よりも大阪城に若い豊臣秀頼がいる。

豊臣家もキリシタンもこのまま腐るとは思えない。必ず、再起をかけた戦いが起きるはずだ。その時に駆けつけて家康と戦う。

狙うのは家康の首だ。

そのためには数万両の軍資金が必要になる。

大阪城の秀頼に迷惑はかけられないというのが伊織の考えだ。食い詰め浪人になって大阪城には入りたくない。

キリシタン大名の小西行長の家臣団として十字架を掲げて参戦する。そのためなら人は殺さないが何んでもする覚悟だ。

その時が必ず来る。

この伊織の考えが正しかったことがやがて証明される。

それは大坂夏の陣と冬の陣、九州島原《しまばら》の乱で幕府はひっくり返りそうな苦労をすることになる。

その頃、暮れになって江戸ではまた辻斬《つじぎ》りが出た。

開幕直後の江戸は兎《と》に角《かく》、辻斬りが多かった。ほぼ毎日というほど江戸のどこかで人が斬られている。

刀の試し斬りをしたい。腕試しをしたい。理屈抜きでただ人を斬りたいという連中の辻斬りだから始末が悪い。

斬りたい奴《やつ》も斬られそうな者も多いのが江戸だ。

仕事を求めて西の方から流れてくる浪人と、江戸に行けば何んとかなるだろうと安易に出てくる百姓たちが多い。

百姓が本貫《ほんがん》から逃げると逃散《ちょうさん》などと言われることもある。

逃散は支配する大名などの年貢《ねんぐ》が高いと、それに百姓が抵抗する手段として行われることが多かった。

それがあまりひどいと大名が改易になることもある。

そんな危険な連中をもすべて飲み込んでいるのが江戸である。当然、それを取り締まる奉行所は猛烈《もうれつ》に忙しかった。

この後、在任中に亡くなる奉行が何人も出るようになるのはそのためである。

米津勘兵衛も相当激務だった。

暮れに現れた辻斬りは狡猾《こうかつ》で、手口は後ろから忍び寄って袈裟《けさ》に斬りつける。

腕に自信がないからか武家を狙うことはない。

しかも、同じ場所で辻斬りをしないため厄介《やっかい》なことになった。

それも夜だけでなく、夕刻やまだ薄暗い早朝にも発生する異常さだった。場所を転々と変えて犯行を繰り返すため、その辻斬りを捕捉するのが難しい。

勘兵衛は与力、同心に命じて、いつものように警戒を厳重にする。

動きを捕捉できない以上、偶然でもいいから出会い次第、躊躇《ちゆうちよ》することなく斬り捨てるようにと命令を出した。

第六章　お末の愛

慶長十二年（一六〇七）一月十一日に、大阪城の豊臣秀頼が右大臣を辞任した。

この頃の大阪城は、家康が秀忠に将軍職を譲《ゆず》ったことで秀頼の将軍就任はなく、豊臣という公家が一つ増えただけだという考えに傾いた。

豊臣家にすれば、まんまと天下を徳川家に乗っ取られたという怒りだ。だが、考えてみれば、その豊臣家は織田家から天下を乗っ取ったのだ。

織田宗家の三法師《さんぽうし》秀信《ひでのぶ》は、無念のうちに高野山麓《こうやさんろく》の向副村《むかそい》で二十六歳の生涯を閉じ、織田宗家は信長の孫三法師秀信で断絶した。

豊臣家も同じ運命をたどることは充分に考えられる。

大御所となった家康は諸大名を完全に掌握《しょうあく》、いつまでも言うことを聞かない豊臣秀頼を大阪城に残したまま、三月には駿府城に戻って江戸の将軍と駿府の大御所という二頭政治を行う。

江戸の将軍は内政を行い、駿府の大御所は大阪を始めとする西の大名をにらむようにした。

駿府城に入った家康は意気軒昂《いきけんこう》で、好きな鷹狩《たかが》りに出かけることが多い。

家康は戦わない兵は腐ることを知っていた。

そのため家康の鷹狩りは、戦場に出る時のための軍事訓練でもあった。

富士の裾野《すその》や掛川《かけがわ》方面などに獲物を求めた。江戸に出てくる時も、あちこちで鷹狩りを繰り返し、その臨戦態勢のまま江戸に入ってくる。

家康は戦うことを忘れていない。

いつでも京や大阪に進撃できる態勢を崩さない。いざという時は、例の十六万の大軍が家康と将軍のもとに集結する。その中心に家康の軍団がいた。

江戸と同じように、家康のいる駿府城下も目覚ましく発展している。

二月から家康は隠居所としての駿府城の築城を命じていた。西国をにらみ家康が穏やかに過ごす城だ。

その頃、上野の不忍の商人宿に孫娘を連れた老人が現れた。

「御免よ……」

杖《つえ》をついて飄々《ひょうひょう》と髭《ひげ》をなびかせ店の土間に入ってきた。

「いらっしゃいまし……」

お繁が対応した。

「ここは直助さんの店じゃな？」

「はい、父が直助ですが……」

「父とは、娘さんか？」

「はい、お繁と申します」

「そうかいな、ところで直助さんはいるかな？」

「はい、少々お待ちください」

お繁が奥に引っ込むとすぐ直助が店先に出てきた。

「直さん、わしを覚えているかの？」

「ああ、忘れるものか、どうしたね湛兵衛《たんべえ》さん？」

「今夜、泊めてくれるか？」

「おう、上がれ、上がれ……」

直助が二人を奥に連れて行った。

「何年ぶりかな？」

「二十年は過ぎている。これが生まれる前だったから……」

「娘さんの子か？」

「うむ、孫のお松《まつ》だ。十六になる」

「娘さんはどうしたね？」

「流行《はや》り病でな……」

「そうか、可愛《かわい》い娘さんだった。よく似ている」

お松が照れてニッと笑った。

「お繁さんは、お前の娘だそうだな？」

「うむ……」

「宿をやってくれるとは有り難いな？」

「わしはもう隠居だ」

「そりゃいい……」

二人が話をしていると、お松はずいぶん歩いて疲れたのか眠そうだ。

「お繁、連れて行って寝かせてやってくれ……」

「はーい！」

お繁は湛兵衛が直助の古い友達で、何か大切なことを相談にきたと感じた。

「疲れたでしょ、少し横になって。すぐご飯をごちそうしてあげるから……」

「ありがとう」

その夜、お松が寝てしまうと湛兵衛が直助の部屋に入ってきた。

「一杯どうだ？」

「もらおう」

湛兵衛が座ると盃《さかずき》を渡した。

「下り酒が手に入ってな……」

「おう、大贅沢《ぜいたく》だ」

「どこにいたのだ？」

「水戸《みと》だ……」

「常陸《ひたち》か？」

「娘が病でな。流行り病と言ったが、実は、悪かったのは胸だ」

「それじゃ、長かったか？」

「うむ、十年を超えたよ」

「それは大変だったたな。あのお松を抱えて……」

「血を分けた孫だから……」

「子分たちはみな散りぢりか？」

「うむ、助右衛門《すけえもん》だけになってしまった」

湛兵衛は子分を二十人ほど率いる大泥棒だった。直助は子分ではなかったが、よく湛兵衛を知っている。湛兵衛にはお佐江《さえ》という女房がいた。

「孫のことだな？」

「ああ、わしもそう長くなかろう。いつお迎えが来るか？」

「そうだな。わしもそうだ」

「お松に少しまとまった銭を残してやりたいと思ってな」

「なるほど、もういっぱいどうだ」

直助が酌《しゃく》をした。

「江戸でやるのか？」

「そのつもりで出てきたのだが……」

「残していなかったのか？」

「ああ、少しならある」

「江戸でやるのは厳しいぞ」

「北町だろ……」

「知っているのか？」

「助右衛門が同じようなことを言っていたのでな」

「そうか、助さんが調べたか？」

直助は湛兵衛も助右衛門もよく知っている。

湛兵衛の右腕として働いてきたのが助右衛門で、子分に殺しは絶対にさせなかった。子分の数が多いだけに湛兵衛は銭を残せなかったのだろうと思う。

「直さん、助《すけ》てくれないか？」

「わしは足を洗ってもう三十年になる。体がいうことを利《き》かないだろうよ」

「一度だけだ。助てくれ！」

「助さんは駄目なのか？」

「もう、手伝えないそうだ」

「それは喧嘩《けんか》か？」

「そんなところだ」

「助さんは、北町を調べて奉行が鬼だと知ったのだろう」

「鬼？」

「そう、鬼勘と噂されている。頭の切れる勘の鋭い鬼だそうだ」

「鬼勘か？」

「お松のためなら手伝うよ」

「すまねえな……」

「お佐江さんへの供養と恩返しだ」

「婆さんのか？」

湛兵衛がグッと酒を飲んだ。

二人の話を隣の部屋でお繁が息を詰めて聞いていた。そのお繁が音もなく部屋を出ていった。

「お前さん、親父さんとあのお客さんの二人でどこかに入るつもりだよ？」

「泥棒か？」

「うん……」

「まさか、爺《じい》さん二人で何ができる？」

「本当なんだから……」

「ほっておけ」

「だって……」

「いいから、爺さん二人で何もできやしないよ」

七郎は相手にしない。

何十年も前に足を洗った老人二人で盗みになど入れないと思う。暗い中で大怪《け》我《が》をする方がよほど心配だ。

下調べをしている間に、それに気づくだろうと七郎は思った。

翌朝、お繁にお松を預けると、湛兵衛と直助が商人宿を出た。ところが、間のわるい老人二人で、早々に同心の黒川六之助《くろかわろくのすけ》に見つかった。

「んッ、あの老人は見たことがないな」

直助と一緒に杖を突いて歩く湛兵衛に目を留めた。

「どこに行くんだ?」

暇だったこともあって六之助はいたずらっぽく二人の後をつけた。老人のくせに妙に足が速い。

「急いでいるな?」

見え隠れしながら二人を追った。

途中で馬鹿々々しくなって止《や》めようかとも思ったが、奉行所の方に行く道でもあり不忍から神田に向かう。

追うのを止めようと思いながらも、いつもの尾行の癖で日本橋まで歩いていった。

「おかしな二人だな……」

何かを買うわけでもなく、踵《きびす》を返すと二人は道を戻った。六之助は追うのを止めて、呉服橋御門内の北町奉行所に戻ってきた。

役宅に帰る時、何んの気なしに長野半左衛門に直助ともう一人の老人の話をした。

「見たことのない老人か？」

直助と最もつき合いの長い同心は六之助なのだ。

「あの老人は見たことがないので……」

「そうか……」

半左衛門も気にしていない風だ。何かあれば直助は知らせてくるはずだと思う。

六之助は朝比奈市兵衛、大場雪之丞と一緒に八丁堀の役宅に戻った。六之助は妹の日奈《ひな》と二人暮らしだ。市兵衛は老母と妻子の四人家族だった。

雪之丞は父母と三人暮らしだが、この日、厄介な問題が起きた。

「只今《ただいま》戻りました」

いつものように家に入ると、母親の幸乃《ゆきの》が怒った顔で出てきた。鞘《さや》ごと抜いた雪之丞の太刀を預かり、小声で「そなた、お末という娘を知っているのか？」と聞いた。

「どうしたのです、母上？」

「知っているかと聞いているのです」

「はい、知っておりますが……」

「どのようなわけのある娘なのじゃ？」

「わけなどございません。お奉行に川越の実家まで送り届けるようにと……」

「それだけですか？」

「はい、お末が来ているのですか？」

「ええ、そなたの嫁になりたいというのじゃ、そんな覚えがあるのですか？」

「あります」

「あ、ありますって……」

仰天した幸乃が腰を抜かしそうになった。

その母親を尻目にさっさと奥の部屋に向かった。奥といっても同心の屋敷は百坪と決まっているから、そう広いわけではない。

「父上、只今帰りました……」

「雪之丞……」

「お末、お前、どうしたのだ？」

「雪之丞、助けて……」

「どういうことなのだ？」

「雪之丞、まず、座りなさい」

隠居しているとはいえ父親の孝兵衛《こうべえ》はまだ若い。立ったままの雪之丞を座らせた。そこに怒った顔の幸乃が入ってきた。

「嫁に行かされそうになったので逃げてきたのだそうだ」

「逃げてきた？」

「雪之丞、助けて、お願いだから……」

奔放《ほんぽう》なお末らしい。

江戸に行けば雪之丞に会えると胸を熱くして、暗いうちに川越を発《た》って女一人小走りに走ってきたのだ。川越に戻る時は、あっちに泊まりこっちに泊まり、あきれ返るほどはかどらない旅だったのに。

状況が状況だけに、孝兵衛も沈黙して考え込んでいる。

その孝兵衛の袖を幸乃が引いた。

二人が隣の部屋に行くと、二人だけになったお末が照れるようにニッと無邪気に笑う。

「会いたかったよう……」

お末は雪之丞に飛びつきたいが我慢した。

そんなお末と会いたい気持ちは雪之丞も同じだが、江戸と川越では会えるはずもなくあきらめていた。

契《ちぎ》りを結んだ膝折宿の一夜が忘れられない。だが、雪之丞にはお役目があり、川越に行かせてくれた勘兵衛の気持ちも理解できた。それを思うと、大人になった雪之丞はもう無茶なことはできない。

お役目に精進するしかないと考えていた。そんな時にお末が現れた。

隣の部屋でも孝兵衛と幸乃がひそひそ話だ。

「覚えがありますだって……」

「やはりそうか?」

「まだ、子どもだとばかり思っていました」

「悪い娘ではなさそうだ」

「そんな……」

「身分違いか？」

「ええ……」

身分というのは儒教《じゅきょう》の概念で、官吏《かんり》、農民、職人、町人という四民からなり、身分の上下ではなく社会を構成する職の大別であった。

日本には奈良《なら》時代に入ってきた考え方だ。

それが、乱世の終わりに織田信長が兵農分離を始めたことで、士と農の間に身分の違いが明確化された。それが江戸期に入ると職が世襲化され、武家は代々武家、百姓は代々百姓になった。

天下を治めるために徳川家が士農工商《しのうこうしょう》という身分制度を作ったに過ぎない。だが、その考え方が身分として固定化される。

兵農分離の前は兵と農は一緒だった。

兵が農を行い、農が兵となって戦っていた。

与力や同心は徳川家の直参の足軽で数代前は百姓だった。武家というのはそもそもが土地の私有化によって、その土地を守るために百姓の中から生まれてきた。

奈良時代の聖武《しょうむ》期に、墾田永代私有《こんでんえいだいしゆう》法とか墾田永年私財《えいねんしざい》法といわれるものが行われたからだ。

学のある孝兵衛はそういうことを知っている。

「大御所さまの奥方さま方は、百姓や職人の後家さんが多いのだぞ」

「それは大御所さまだから……」

「わしはそなたが百姓の娘でも嫁にしたぞ」

「そんなことを……」

今そんなことを言われても困ると幸乃は言いたいが、お前を好きで嫁にしたのだと言われているようで悪い気はしない。

「そう簡単に一緒になれるという話でもなかろう。川越には親がいるようだからな」

「雪之丞が一緒になりたいというようなことは？」

「まだそこまでは考えておるまい。急なことでびっくりしているだけだ」

暢気《のんき》な孝兵衛に心配性の幸乃も賛同する。

江戸に出てきたが、どこへも行くところのないお末は、孝兵衛と幸乃に願って思い通り大場家に泊まった。

おとなしくしているお末ではない。

深夜になると雪之丞の部屋に這《は》って行き忍び込んだ。大胆不敵、笑止千万、女の方からの夜這いだ。

「お末……」

「シーッ……」

雪之丞の懐《ふところ》に潜《もぐ》り込む。言語道断だが可愛らしく憎めない。

「会いたかったよ」

「お前、無茶だぞ」

「うん、抱いて、早くう……」

「駄目だよ」

「駄目じゃない。駄目じゃないから……」

「お末、ちょっと、ちょっと待てよ」

「嫌だ……」

二人は膝折宿の再現になった。夜明け近くにお末が這って部屋に戻ると幸乃が座っていた。

「あッ……」

「鼠《ねずみ》、どこに行ってきたのか？」

「厠《かわや》、厠です」

「そなたは厠に這って行くのか？」

「はい、あのう、腰が痛いので……」

「馬鹿ッ！」

滅多に怒らない幸乃が怖い顔で部屋から出て行った。純真無垢《むく》、天真爛漫なのがお末なのだ。

終始ニコニコと朝餉《あさげ》の支度で幸乃を手伝おうとする。

糠《ぬか》に釘《くぎ》、暖簾《のれん》に腕押し、そんなお末はつかみどころがないが、やることなすことが可愛くて憎めない。不思議な子なのだ。

雪之丞が奉行所に出かけると、お末が孝兵衛と幸乃に呼ばれた。

「そなたどうするつもりなのだ？」

「雪之丞の嫁になりたいの……」

「そんなことは簡単に決められませんよ！」

「はい、半年、使ってみてからでいいですけど？」

「は、半年？」

「三か月でもいいですけど？」

大好きな雪之丞の傍に三か月もいられたらうれしい。嫁になれたら死にそうなほどうれしい。本気でそんなことを思っている。

孝兵衛と幸乃は、そうですかというわけにもいかない。

「そなたの親は川越で健在なのだな？」

「はい、兄と弟もいます」

「三人兄弟か？」

「お嫁に行った姉が一人います」

三人が話し合っているところに、お末を追ってきた兄の長松《ながまつ》と叔父《おじ》と名乗る老人が現れた。

「ご迷惑をおかけしました。この子はもう嫁に行く先が決まっておりまして……」

叔父が恐縮して言う。

「ここがどうしてわかりました？」

「これの弟が、こちらの雪之丞さまのことを聞いておりましたので……」

「そうですか？」

「お末、帰るぞ！」

「嫌だよ！」

「お前が逃げたので、みんな困っているんだ。連れて帰る！」

「雪之丞の子ができているんだから……」

「ええッ！」

幸乃が驚いた。だがそれはお末の苦し紛れの嘘《うそ》だった。お末の絶対できるという確信と願望だが苦しい嘘だ。

「そんなはずはない。連れて帰る！」

兄の長松も頑固だ。

「川越では親戚がみな困っております。連れて帰りますのでご容赦《ようしゃ》願います」

叔父が丁重に挨拶した。

「でも、子ができていると……」

「奥方さま、苦し紛れの嘘でございますよ。本気にしないでください」

「帰るぞ。ぐずぐず言うな！」

怒っている長松が、お末の手首をつかんだ。

「乱暴はいけません！」

「奥方さま、大丈夫でございます。嫁に行く娘ですから大切に連れて帰りますので……」

兄に叱られてはお末も観念するしかない。

第七章　人　影

大場家を出たお末は、兄に叱られながら巣鴨村まで来た。

「おしっこしたいよ」

「その辺の藪《やぶ》でやればいい！」

怒っている長松は、お末に邪険だ。

「ふん……」

お末が脇道の藪に入って行った。

ところがその藪からすばっしこいお末が逃げた。崖下《がけした》の千川《せんかわ》に逃げ、川下に向かって走った。平川《ひらかわ》こと神田川に注ぐ支流だ。

「遅いな？」

「お末ッ！」

長松が呼んでも返事がない。

「お末ッ！」

「お末坊ッ！」

「逃げやがったな！」

「またか、油断も隙《すき》もないな。まったく！」

二人は道端に立って同じことを考えていた。

「あいつが逃げても行くところはあそこしかなかろう」

「戻りますか？」

「そうだな。川越に手ぶらで帰るわけにもいくまい」

「うん、お末の馬鹿が……」

「嫁に行くのが嫌なのだな？」

「わがままです。お末は小さい頃からわがままですから……」

長松が逃げたお末に激怒している。二人はお末に逃げられ、もう一度八丁堀の大場家に戻ってみることにした。

その頃、見廻《みまわ》りから奉行所に戻った雪之丞は、早く八丁堀の役宅に帰りたくて落ち着かない。一日中、お末とのことが頭の中をグルグル回っている。笑ってみたり、照れてみたり、可愛いお末との今夜を考えるとお役目もうわの空だ。

男というのは女のことになるといとも簡単に馬鹿になる。困ったことなのだ。

「どうした雪之丞、戻りが早かったな?」

「はい、番町《ばんちょう》から牛込を見廻ってきました。辻斬りの気配はありませんでした」

「そうか、早いが役宅に帰るか?」

「よろしいでしょうか?」

「うむ、偶《たま》にはいいだろう」

「はい!」

半左衛門が雪之丞に帰宅を許して勘兵衛の部屋に向かった。フッと昨日六之助から聞いた直助のことを思い出し、報告しておくべきだと感じたのだ。

「よし帰ろう!」

ウキウキの雪之丞が奉行所を飛び出し小走りに役宅へ向かった。お末を抱けると思うと有頂天になる。辻斬りに斬られても走っているかもしれない。

半左衛門は勘兵衛に六之助に聞いたことを話した。昨日はそうでもなかったが少し気になりだしていたのだ。

「二人は日本橋で引き返したのか?」

「はッ、そのように六之助が言っておりました」

この頃の日本橋は木造の太鼓橋《たいこ》だった。

「向こうに渡らず、来た道を戻ったのか？」

「はい……」

「おかしな話だな？」

「直助ともう一人の老人は何をしに？」

「半左衛門、わしの勘だがそれはな、盗人《ぬすっと》の下調べであろうよ」

「えッ、直助がですか？」

「おそらく、親父は同心に見つかって気づいてほしいのだ。だから昼日中に不思議なことをしたのだろう。わざわざ顔を晒《さら》して……」

「老人二人で盗みに入る？」

「何かのっぴきならない事情があって、親父が大芝居を打っているのではないか？」

「捕らえてくれと？」

「わしには親父がそう言っているように思う。二人揃《そろ》って昼間に下調べとは間抜けだ。本気なら、せめて夕刻とか夜であろう」

「なるほど、それでは……」

「うむ、六之助と弥四郎《やしろう》を夜だけその二人に張り付かせてみろ……」

「承知いたしました」

半左衛門は六之助と駒井《こまい》弥四郎を待つことにした。そこに巣鴨から逃げてきたお末が現れた。

「長野さま、お末がお奉行さまにお会いしたいと訪ねてきました」

「お末？」

「はい、川越から来たと。いかがいたしましょうか？」

門番が追い返そうとしたが、お末と気づいて半左衛門に伝えたのだ。

「ここに連れて来い。聞いてみよう」

お奉行に会いたいとは只事《ただごと》ではないと思った。お末が神妙な顔で砂利敷《じゃりじき》に入ってくるが泣きそうな顔だ。

「どうしたお末？」

「川越から逃げてきました」

「逃げてきた？」

「はい！」

立ったまま照れたようにニッと笑う。この笑顔に誰でも悩殺《のうさつ》される。

「お奉行に会いたいのだな？」

「はい……」

「誰か、庭から奥に連れて行け！」

さっきまで勘兵衛が喜与と暇そうにしていたのだ。自慢の銀煙管《ギセル》をいじりながら煙草《たばこ》を吸う時を考えている。喜与が煙《けむ》たがるのでやたらには吸えない。

「お奉行、お末がまいりました」

半左衛門が庭を見ると、笠と杖を持った旅支度のお末が隅に立っている。

「川越から逃げてきたと申しております」

「そうか、お末、こっちに来なさい」

勘兵衛を見てまたニッと照れる。お喜与に頭を下げた。

「ここに座りなさい」

喜与が縁側に出てくる。半左衛門が戻っていった。勘兵衛は煙管に煙草を詰《つ》めたが火をつけない。その銀煙管を持って縁側に座る。

「どうした。雪之丞に会いに来たか？」

「うん……」

うなずいて泣きそうになった。

「泣くな、泣くな。泣いても物事は解決しないぞ。どうして逃げてきた。嫁に行けと言われたか？」

勘兵衛にズバリ当てられて、きょとんと面食らった顔だ。

「相手が嫌なのか、雪之丞が恋しいのか？」

「あのう、雪之丞が好き……」

両手で顔を覆《おお》った。言ってから恥ずかしくなったのだ。

勘兵衛が喜与を見た。その喜与は困ったという顔で勘兵衛を見る。小さな煙草盆を傍《そば》に引いて、煙管の煙草に火をつけた。

お文のこともお末のことも厄介なことばかりだ。

「雪之丞を好きか？」

「はい……」

「喜与、しばらく奉行所の手伝いをさせておきなさい」

「はい、お末はお台所のことはできますか？」

「できます」

「お幸のところに行きなさい」

「はーい！」

泣き顔のお末はすぐ元気になって、庭を回って大好きなお幸のところに走っていった。

「女は惚《ほ》れると一途《いちず》だな？」

「はい、お幸と仲がいいようですから……」

「お末が逃げてくるというのは、雪之丞もお末を嫌いではないのだろう？」

「ええ、それをわかっていて川越から逃げてきたのでしょう」

「お互いに好きなら何んとかなるものだ」

勘兵衛が煙草に火をつけた。

「吸い過ぎです。さっきから四度目でございます」

「そうか？　三度目だろう？」

煙草吸いとか酒飲みは意地が汚い。少しでも少なく見積もろうとする。妻に注意されたりすると見え透いたとぼけ方をする。

「いいえ、四度目でございます。朝から十八回目でございます」

「そなた数えていたのか？」

「はい、毎日数えております。昨日は十三回でございました」

勘兵衛が、銀煙管を置いて沈黙してしまった。

その時、半左衛門は六之助と弥四郎を呼んで、直助ともう一人の老人の見張りを命じていた。

「直助が盗みを？」

「お奉行がそういわれるのだ。わしもあの親父がそんなことをするとは思えないが、もう一人の老人のこともある。万一のためだ」

「そうですか？」

直助を良く知っている六之助は納得できない。だが、お奉行の命令だと言われては仕方がない。

「幾松《いくまつ》と仙太郎《せんたろう》を使え……」

「承知いたしました」

四人で二刻《ふたとき》の交代ということになる。酉《とり》の刻（午後五時〜七時頃）から深夜寅《とら》の刻（午前三時〜五時頃）前までの見張りだ。

「今日から見張ります」

二人が日本橋伝馬町の鬼屋に向かった。

幾松と仙太郎は一杯ひっかけていたが、見張りの話をすると仕事より尾行の好きな二人が飛びついた。

「上野不忍だ！」

「へい、承知いたしやした！」

二人は威勢がいい。その時、六之助はチラッと鬼屋の塀の傍に二人の人影を見た。同心はそういうことに敏感だ。暗がりで見えないが男女だとわかる。

「逢引《あいび》きか？」

見ぬふりで六之助は立ち去った。この人影は、見落としてはいけない人影だった。

その頃、八丁堀の大場家では、お末を探しながら戻ってきた長松と叔父の話で、大騒ぎになっていた。

「お末がいなくなった？」

「どこで！」

「巣鴨村です」

「よし、探しに行こう！」

孝兵衛が立ち上がった。

「父上……」

「雪之丞、まずお末を探してからだ！」

久しぶりに孝兵衛が太刀と脇差を腰にした。

「行ってくる」

「お気をつけて……」

幸乃に見送られ長松の案内で巣鴨村に走った。四人はお末が消えたところから探し始めた。松明《たいまつ》を持っているが、火がついているのは一本だけだ。

「この道を川に下りたな？」

四人が千川に下りる崖路《みち》を川まで行き、お末の足跡と思えるのを探した。滅多に人の通る道ではない。

「下ったのか上ったのか？」

「この草鞋《わらじ》の跡は小さいな、女の足だ？」

「お末の足は小さいから、これで間違いない」

長松が言い切った。

「川下に向かっているように見えるが、違うか？」

千川は川幅二、三間（約三・六〜五・四メートル）の浅い川だ。

「川下だな？」

お末が下ったと決めて、長松の松明を先頭に千川沿いの細い道を歩いて行った。松明が消えそうになると次に火を移した。あたりの藪も念のために調べる。

雪之丞は不安で仕方がない。

どこにいるのか皆目見当がつかないのだから、足跡を追うしかない。松明で照らすと川底が見える。川に溺《おぼ》れたとも思えない。

川の両側を丁寧に調べ、人の争った跡などがないかもしっかり見た。小石川《こいしかわ》まで歩き神田川まで探したが手掛かりはなかった。

お末が忽然《こつぜん》と消えたことになる。

「父上……」

「もう一度、川上まで調べてみよう」

松明の火を新しくして、四人は川上に歩いていった。だが、お末の手掛かりはまったく見つからない。ということは千川沿いには手掛かりがないということだ。

四人は神田川に戻ってきた。

「お末が行くところは、奉行所だ！」

雪之丞が気づいた。

「そうだ。わしの手落ちだ」

「父上……」

「何んとも申し訳ございません」

長松とその叔父が孝兵衛に頭を下げた。

奉行所の同心が行方不明を訴えるのもおかしなものだ。だが、そんなことを言っていられない状況だ。

「奉行所へ行ってまいります」

「わしらは川沿いを探して八丁堀に戻る。間もなく夜が明けるだろうから、腹ごしらえをして出直してくる」

「わかりました！」

雪之丞が奉行所に走った。神田から呉服橋御門内の奉行所に着いた時、東の空が白くなり始めていた。

奉行所に飛び込むと、与力の青田孫四郎が宿直当番で眠そうにしていた。

「青田さま！」

「おう、雪之丞、早いな」

「青田さま、青田さまはお末をご存じでしょうか？」

「お末、川越のお末か？」

「はい……」

「そのお末がどうした？」

「一昨日、お末が会いに来ました」

「八丁堀にか？」

「はい、そのお末を川越の兄と叔父が迎えに来ました」

「川越からか、お前の話はどうも見えないが、そのお末は川越から逃げてきたのではないのか？」

「はい、嫁に行かされそうになって逃げてきたそうです」

「それで兄と叔父が捕まえに来たのだな？」

「はい……」

「何んでお末はお前のところに逃げてきたのだ？」

「それは……」

「まあ、それはいいが、そのお末がどうした？」

「兄が連れて帰ろうとしたのですが、巣鴨村で逃げられました」

「何んだと、それでお末は？」

「今まで探したのですが、どこに行ったものか？」

「行方不明なのか？」

「はい……」

「馬鹿者が、もうお奉行が起きておられるか聞いてくる」

怒った青田孫四郎が慌てて奥に消えた。落ち着かない雪之丞が待っているとすぐ戻ってきた。

「お奉行が起きておられる。来い！」

雪之丞は恐る恐る勘兵衛の部屋に入った。朝の庭を見ながら一服している。

「雪之丞、お末が行方不明だそうだな？」

「はい、申し訳ございません！」

「兄というのはどうした？」

「役宅に……」

そこに、朝餉の膳を持ってお幸とお末が入ってきた。

狐につままれたように口を開けて雪之丞がお末を見ている。二人は知らんふりで勘兵衛の前と喜与の前に膳を置いて奥に引っ込んだ。

「お末……」

「兄がどうしたのだ？」

「あの、兄が、あの、お末と……」

喜与がクスッと笑った。

青田孫四郎は何が起きているのかわからず考えている。

「申し訳ありません」

「馬鹿者ッ！」

勘兵衛の朝の雷が落ちた。

「お末は預かった。さっさと役宅に戻って、奉行が怒っていると言って二人を川越に追い返せッ！」

「はいッ！」

雪之丞は部屋を飛び出すとその勢いで奉行所を飛び出した。

その雪之丞はお末が勾引《かどわか》されて、どこかに売られたのでは、殺されたのではと最悪のことを考えていた。

奉行の雷が落ちたが、お末が生きているのを見て天国の気分だ。足が軽い。

「よかった、よかった。兎に角、よかった！」

一気に心配が吹き飛んで壮快だ。

役宅の近くで足を止め、にやけた顔を厳しく改める。肩を落としうな垂れて、奉行所で怒られた形を作った。

「どうした雪之丞？」

「父上、お末が奉行所に……」

「捕まったのか？」

「お奉行が、お末は預かった、兄が江戸に来ているそうだが川越に追い返せッ、馬鹿者ッ！　と」

「叱られたのか？」

「雷が落ちました」

「長松、川越に帰ろう。お末はお奉行所に捕まったのだ」

「うん、あきらめよう」

二人がそそくさと座を立った。

「お世話になりました。川越に帰って出直してきます」

北町奉行に怒られた二人が、大場家を逃げるように飛び出した。

「母上、腹がすきました」

「そうだね……」

「着替えてすぐ奉行所にまいります」

雪之丞は、お末が奉行所にいれば一番安心だ。

「父上、そのうちに、お奉行にご挨拶をお願いいたします」

「わかった。そのうちにな」

孝兵衛も奉行が何を考えているのかわからなかった。

その日、雪之丞に勘兵衛からは何んの話もない。雪之丞は半左衛門から麻布《あざぶ》村方面の見廻りを命じられた。

勘兵衛が城から下がって喜与に着替えを手伝わせていると、お幸とお末が茶を運んできた。

「お奉行さま、奥方さま、お願いがございます」

二人が勘兵衛の前に座った。

「二人の願いか？」

「いいえ、お末ちゃんからです」

「どうしたお末？」

「お奉行さま、これをお預かりいただきたいのです」

「何んだ？」

「お奉行さまからいただいた八十両です」

「おう、それか、どうした？」

「これを持っていると怖くて、怖くて……」

「そういうことか。誰に話した？」

「弟だけです」

「その弟はお喋《しゃべ》りだな？」

「はい……」

「いいだろう。お前が嫁に行く時に返す。それでいいな？」

「はい、お願いします」

「行こう」

お幸が、お末の手を引いて部屋から出て行った。

第八章　恩情

その三日後、商人宿の直助が動いた。

亥《い》の刻（午後九時～十一時頃）に、湛兵衛と直助が商人宿を出ると南に向かった。ちょうど弥四郎と仙太郎が、六之助と幾松に見張りを交代したばかりだった。四人が佇《たたず》んでいる。

「一緒に追うよ」

「頼みます」

四人で二人の老人を追うことにした。老人は昼とは違い、シャキッと腰が伸びている。杖も持っていない。老盗賊の意地を感じさせる。

日本橋の塩問屋の軒下にうずくまった。

「やるつもりだ。幾松、走ってくれ！」

「へい……」

幾松が奉行所に走った。

軒下の暗がりで影がしばらく蠢《うごめ》いていたが、間もなくして暗がりから人の気配が消えた。

「くそッ、中に入りやがったな?」

「爺さんたち、なかなかやるじゃないか?」

弥四郎が年寄りの泥棒に感心して見ている。

「奉行所から誰が来る?」

「わからねえな。与力じゃないか?」

「間に合わなければ捕らえるぞ。いいな?」

「おう……」

幾松がいなくなって三人が、塩問屋から二人が出てくるのを待っている。

この頃、幕府は塩の生産に力を入れていた。

江戸に近い行徳《ぎようとく》に塩田を開いて塩浜が作られている。それは北条家の支配の頃から始まっていた。

老人二人が盗みに入っている上総屋《かずさや》は行徳の塩を中心に売っていたが、上物の三州《さんしゆう》三河の饗庭塩《あえばじお》や播州播磨《ばんしゆうはりま》の十州塩《じつしゆうえん》なども手広く扱っている。

米津家だけでなく、三河出身の者は三河の饗庭塩を使っていた。三河者の多い江戸城でももちろん饗庭塩を使っている。

「そろそろだな？」

三人が軒下の暗がりから出て行こうとすると、馬に乗った勘兵衛が普段着のまま駆けつけて馬から飛び降りた。

「まだ中か？」

「はい、間もなく出てくると思われます」

「よし、行こう」

湛兵衛と直助が蔵ではなく店の金箱と金箪笥《かねだんす》の中から百両余りをいただいた。

「さて、帰ろうかのう？」

老盗賊が忍び入った逆の経路で外に出ると、目の前に勘兵衛が立っていた。

「ご苦労、北町の米津勘兵衛だ。盗《と》ったものをそのまま戻してこい」

「ゲッ、お奉行さまで？」

「そうだ。捕らえないから戻してこい」

「へい……」

二人が渋々戻って小判を金箪笥に戻した。

「もう駄目だな……」

「だから、鬼だって言っただろうよ。年貢《ねんぐ》の納め時だ。お奉行さま直々ではあきらめるしかあるまい?」

「そうだな。お奉行さままではどうにもなるめえ、打ち首だ……」

二人がブツブツ言いながら戻ってきた。

「六之助、戸が開いていると上総屋に伝えろ。弥四郎、二人を奉行所に連れて行け。年寄りだ。縄をかけるまでもなかろう」

「はいッ!」

弥四郎と仙太郎が二人の老人と歩き出した。勘兵衛の乗った馬を引いて幾松がついていく。

上総屋に入った六之助が、大声で上総屋を呼んだ。

「上総屋ッ、北町奉行所の黒川六之助だ。見廻りの途中だが裏の木戸が開いているぞッ。戸締まりをしっかりしてもらいたいッ!」

「あッ、申し訳ございません!」

「泥棒に入られたのではないか、すぐ調べろ、被害があれば奉行所に届け出るようにいたせ!」

「はい、ご、ご苦労さまでございます」

六之助が外に出ると戸に閂《かんぬき》がされ、家中の灯《あ》かりがついて騒ぎになった。だが、何も盗られていない。当たり前だ。勘兵衛が小判を元に戻させたのだ。

「どうなってんだ。閂はしたたし、見廻りもしたのに、おかしいな?」

「銭箱を調べたが何も盗られていない。気持ち悪いな。もう一度、家の中を隅々まで見廻れ、すぐだ!」

「へい!」

上総屋の騒ぎは明け方まで続いた。

奉行所に連れて行かれた二人の老人は、牢《ろう》に入れられることもなく砂利敷の筵《むしろ》に放置された。逃げようと思えば逃げられるが、もうその気になれない。

そんな気持ちは萎《な》えてしまっている。

勘兵衛は寝てしまった。公事場の砂利敷には二人だけで誰もいない。

「どうなっているんだ?」

「逃げろっていうことか?」

「そんなことあるか?」

「おかしいじゃねえか、牢にも入れないで、年寄りをなめるんじゃねえ……」

怒ってもどうにもならないのだが、そのうち二人は座っているのに疲れて砂利敷の筵に横になった。なんとも おかしな盗賊で、暢気《のんき》なのか潔《いさぎよ》いのかわからない。

人を食った老人たちだ。

夜が明けると、公事場に勘兵衛が宇三郎と当番与力の石田彦兵衛《いしだひこべえ》を連れて現れた。

「まずは名前を聞こうか？」

「へい、水戸の湛兵衛と申します」

「水戸から出てきたのか？」

「はい……」

「不忍の商人宿武蔵屋の直助にございます」

「いくらほしかったのだ？」

直助がチラッと湛兵衛を見た。

「百両でございます」

「ずいぶん少ないな。湛兵衛さんよ、本当に百両でいいのか？」

「はい、間違いございませんです」

「そうか、このような悪戯《いたずら》はもうしないと誓うか？」

「悪戯？」

「不服か湛兵衛、何も盗っていないのだから悪戯であろう。もう二度としないと誓うなら無罪放免《ほうめん》にする」

「む、無罪放免？」

「そうだ。但《ただ》し一つだけ条件がある。わしはこれから登城しなければならないゆえ、明日の昼八つ（午後二時頃）にここに来て、なぜ百両が欲しかったのか話してもらいたい。わけがあるはずだからな？」

「はあ、それだけなんで？」

「そうだ。それだけでいい。わしは忙しいのだ。盗人の自慢話を聞いている暇はない。証文も取らない。誓ってさっさとここから出て行け！」

「恐れ入りましてございます。ご厄介をおかけいたしました。二度とこのようなことは致しませんので、ご勘弁を……」

「わかった。わかった。商人宿の親父も同じだな？」

「はい、同じにございます」

「よし、出て行け。明日、待っているぞ！」

勘兵衛が公事場から奥に消えた。

「直さんよ、帰ろう。これじゃどうにもならねえ、確かに鬼勘だな。わしを見透かしておったわ。行こう、行こう……」

湛兵衛はブツブツ言いながら直助と奉行所から出て行った。

「お奉行、あの湛兵衛という老人はなかなかの盗賊のようでしたが？」

宇三郎が聞いた。

「あれは半端な盗賊ではないぞ。矜持《きょうじ》のある男だ。いずれわかる」

「見張りをつけなくても？」

「彦兵衛、あの老人はもう逃げないだろう。逃げれば直助に迷惑をかけると思っている。それで逃げるならいいではないか、それで……」

「はい！」

部屋に戻ると銀煙管に煙草を詰め、火をつけてプカーッと美味《うま》そうに一服やった。このところ咳《せき》をしない。

「彦兵衛、六之助を商人宿に走らせて、七郎から密かに事情を聴き取っておけ、何かのっぴきならないことがあるのかもしれん。手助けをしてやらないと可哀《かわい》そうだ」

「手助け、泥棒の？」

「駄目か？」

「いいえ、駄目ではないのですが……」

「年寄りの先回りをしろといっているのだ！」

「はッ！」

勘兵衛は明日の尋問《じんもん》に備えての先回りを考えている。

この日、北町だけでなく南町も探している後ろから斬りつける辻斬りが、遂《つい》に現れた。その場所は伊達《だて》屋敷のある麻布村だった。

伊達屋敷は麻布村の高台にある。

麻布村の低地はひどい湿地帯で、伊達家から幕府に返還したいという、いわくつきの悪地だ。高台は逆に上々の土地だった。

その伊達屋敷の塀《へい》を巡る人通りの少ない道に凶悪な辻斬りが出た。

突然だった。道ですれ違った瞬間に、抜き打ちで背中に襲い掛かった。

それを辻斬りの後ろから歩いていた倉田甚四郎と本宮長兵衛《もとみやちょうべえ》が目撃、二人は同時に駆け出して、四半町（約二七・三メートル）ほどを一気に詰めて逃げる辻斬りに追いついた。

薄暗くなっていたが顔ははっきり分かる。

「辻斬りッ、神妙にしろッ！」

甚四郎と長兵衛が追いついて太刀を抜き左右から辻斬りを挟んだ。

「北町奉行所の者だッ、逃げられないぞッ！」

「クソッ！」

辻斬りは人を斬った快感からか戦いの恐怖からか、刀を持った手が小刻みに震えている。中段の構えからさほどの腕ではないと甚四郎が見破った。

「長兵衛、斬るぞッ！」

「はいッ！」

与力の倉田甚四郎は柳生新陰流《やぎゅうしんかげりゅう》を使う剣士だ。

ジリッと辻斬りの正面に回り込んでいく。甚四郎が間合いを詰めると辻斬りは近間を嫌がるように一、二歩下がる。

辻斬りの顔立ちから、まだ二十歳《はたち》前ではないかと思った。

こんな少年のような男が何人も人を斬ったとは思えないが、後で何んだかんだと厄介なことにならぬよう斬り捨てるしかない。

「イヤーッ！」

いきなり辻斬りが上段から斬りつけてきたが気迫が感じられない。

甚四郎はシャリッと刀をすり合わせると、その瞬間、辻斬りの胴を横一文字に深々と斬り裂いた。

一撃必殺の剣だ。

「ンゲッ……」

血を吐いてフラッと立っていたが、倒木のようにドサッと道端に前のめりに倒れた。

辻斬りをそのままに、斬られた男の傍に走ったが既に息絶えていた。二人がわざと人を探しにいっている間に、辻斬りの遺骸《いがい》だけが血痕《けっこん》を残して消えている。

「家臣か友だちが斬られるのを見ていたか？」

「うむ、そういう連中だ。斬られてよかったと思っているかもしれないな？」

「自分たちでは処分できなかった？」

「おそらく……」

その夕刻、斬られた男の素性もすぐ判明して引き取られていった。

辻斬りを倒したが何んとも後味が悪い。

人を斬ればいつもそうだが、辻斬りがあまりにも若く腕も未熟だった。

二人が興奮して奉行所に戻ってきた。

勘兵衛はよく逃げられずに仕留めたと二人を褒《ほ》める。狡猾《こうかつ》な辻斬りを斬ってまずは一安心だ。

翌日朝早く、塩問屋の主人上総屋島右衛門《しまえもん》が番頭を連れて奉行所に現れ、勘兵衛に面会を求めた。

登城前だったが勘兵衛は上総屋と会った。

「お奉行さま、昨夜は黒川六之助さまからお叱りを頂戴いたしまして、家の中を隅々まで調べたのですが、不思議なことに何も盗られたものがないのでございます。本当に盗賊だったのでございましょうか？」

「確か戸締まりのことだな。そのことは聞いておる。何も盗られていないなら盗賊ではあるまい？」

「それが、この番頭が言うには閂は二度も確認したというのです」

「そうか、では盗賊だな。入ったが何かあって盗賊の気が変わったか？」

「そんなことがありましょうか？」

「あまり聞かないな」

「不思議なことに店の金箪笥に手を付けた形跡があるというのです。お前からお奉行さまに申し上げろ……」

「へい、実は昨日、二十五両ずつ封をしまして三百五十両を蔵に移さず、塩の仕入れのため行徳に持って行くつもりで、金三百五十両と書いて金箪笥に入れておきました。ところが、その中の百二十五両だけが、夜のうちに向きが逆になっていたのでございます」

「揃えておいたのか？」

「はい、向きが揃わないと気持ちが悪いので、向きを揃えるのが癖になっておりますのです。はい……」

「それで？」

「お奉行さま、そこでなんですが、盗賊は百二十五両を持ってから、なぜか元に戻したということになるのではと思うのです」

上総屋が首をかしげながらおかしなことを話す。

「間一髪、黒川さまのお見廻りに気づき、小判を盗らずに逃げたものと考えましてございます」

「ほう、上総屋はいい勘をしているな。おそらくそういうことだろう。盗賊が慌てた痕跡《こんせき》が逆向きの小判か、納得できる説明だ」

「恐れ入ります」

奉行に褒められて上総屋は自慢顔だ。

「そこでお奉行さま、誠に些少《さしょう》で恥ずかしいのですが、助かりました三百五十両のうちから五十両だけですが、お奉行さまと黒川さまに献上いたしたく持参いたしました」

「ほう……」

「お受け取り願います」

「そうか、奉行所もこのところ何かと物入りでな。奇特《きとく》なことだ。そういうことなら有り難く頂戴しておこう」

番頭が差し出した五十両を受け取って傍の宇三郎に渡した。

「上総屋のあたりはよく見廻るように言っておこう。ところで上総屋、奉行から一つ頼みがあるのだが、聞いてくれるか？」

「はい、この上総屋にできることであれば喜んでいたしますが？」

「そうか、実は娘を一人、雇《やと》ってくれぬか？」

「娘さんを……」

「何もしたことのないずぶの素人だ。仕込むのに手がかかると思うが、どうだ？」

「はい、そのような娘さんの方が仕込みがいがあるというもので、上総屋に染まりやすいかと思います」

「そうか、頼めるか？」

「喜んでお預かりいたします」

「かたじけない……」

「いいえ、こちらこそ有り難く存じます。ご登城前に勝手に押し掛けまして失礼をいたしました」

　上総屋と番頭が機嫌よく戻って行った。

「奉行も骨が折れるわ……」

　勘兵衛が宇三郎を見て苦笑した。

「お末を上総屋に？」

「うむ、雪之丞が納得するかどうか？」

「お末に夢中のようですから……」

「難しいか？」

「はい、嫁にするなどと言い出しかねないかと……」

「そこまでか?」

「相当に懇《ねんご》ろのようですから……」

「川越街道だな?」

意味ありげに勘兵衛がニッと笑った。

その勘兵衛が登城して、昼過ぎに城から下がると「二人が公事場《くじば》に控えております」と宇三郎が伝えた。

湛兵衛と直助が約束の刻限に来て砂利敷に座っている。

休む間もなく勘兵衛は忙しい。

「ご苦労、ご苦労……」

気軽に公事場へ勘兵衛が出て行くと二人の老人が神妙に頭を下げた。

宇三郎が二人をにらんでいる。奉行所に協力している直助が、どうしてこんなことをしたのかわからない。

「話を聞こうか。計画したのはどっちだ?」

「わしの方でございます」

湛兵衛が正直に自分の仕業と認めた。

「そなた、水戸の湛兵衛と名乗ったが、住まいは水戸なのだな?」

「はい……」

「こんなことを考えたのはなぜか？」

「それが……」

湛兵衛が話すのを躊躇《ちゅうちょ》した。

孫娘のお松を巻き込みたくない。老盗賊の勝手だが切ない願いだ。そんな湛兵衛を勘兵衛が慎重に見ている。

「爺さん、わしがお松のことを知らないと思っているのか？」

「お、お奉行さま、どうしてそれを、お松には何んの罪もないことで、なにとぞご勘弁を、なにとぞ……」

辛《つら》く泣きそうな顔だ。

勘兵衛は昨日のうちに六之助を走らせて、七郎とお繁からすべての事情を聴きとっていた。その時、お繁が泣いて六之助に事情を話し「何んとか助けていただきたい」と嘆願《たんがん》したと聞いている。

「爺さん、孫娘には大盗賊だったとは言えまい。こうなると切ないな？」

「恐れ入りましてございます」

「だがな爺さん、そなたは勘違いしているぞ」

「お奉行さま……」

「子も孫も同じで、早く手放してやらないと何もできない人間になる。辛いが一人立ちさせてやらないと親は先に死ぬのだ。十六ぐらいが手放すのにちょうどいい頃ではないのか？」

勘兵衛が説得するように言う。

「どうだ。お松をわしに預けぬか、実はな、もう話がついておるのだ。先方は五十両の支度金《したくきん》を置いていった」

「ご、五十両の支度金？」

「お松を幸せにするため手放すと思え……」

「はい……」

湛兵衛は腰が抜けるほど驚いた。支度金など一両もあれば多い方だ。直助も驚いて見ている。宇三郎が五十両を取りにいった。

「お奉行さま、そのようなお店はどちらさまで？」

「上総屋だ……」

「か、か、上総屋！」

湛兵衛が筵に倒れそうになった。驚いた直助が湛兵衛を支える。

「今朝、上総屋が挨拶に来た。金簞笥の小判が逆向きだったが一両も盗られていないと不思議がっていたわ」

「お、お奉行さま……」

湛兵衛と直助がすべてを悟《さと》って平伏した。その前に宇三郎が五十両を置いた。

「孫娘お松の支度金五十両だ。受け取れ……」

亀のように首を伸ばして湛兵衛が宇三郎を見る。

「お松に言い聞かせて、明日、ここへ連れてまいれということだ」

「はい……」

湛兵衛が公事場を見上げると既にそこには奉行の勘兵衛はいなかった。誰もいない公事場に平伏すると嗚咽《おえつ》を漏《も》らして泣いた。

勘兵衛の深い恩情に老盗賊が完敗した。

上総屋には初めお末を考えていたが、その上総屋が五十両を置いて行ったので勘兵衛の気路が変わった。お末は既に八十両を持っている。

六之助の話を聞いて上総屋にはお松がいいと急変したのだ。

気まぐれと言われそうだが、物事など半分以上が気まぐれで決まる。

湛兵衛の正体もほぼわかった。

水戸を根城に常陸、上総《かずさ》、下総。下野《しもつけ》、上野《こうずけ》辺りを荒らした大盗賊だが、人は一人も殺していないという。

孫娘一人が残って、その行く末をひどく心配しているのだとお繁が六之助に話した。それで、直助が湛兵衛に同情したのだとわかった。勘兵衛も助けてやろうと思ったのだ。

第九章　白雀《しろすずめ》のお市《いち》

翌日、直助がお松を奉行所に連れてきた。

お松は祖父の湛兵衛から説得された。

北町奉行の米津勘兵衛さまから話があって奉公先を決めてきたといわれ、お松はびっくりしたが話に納得した。

「お爺《じい》ちゃんは一人で大丈夫なの？」

「助右衛門がいるから心配ない、大丈夫だ……」

「酒飲んで助右衛門のおじちゃんと喧嘩《けんか》しちゃ駄目だからね？」

「うん……」

二人だけで話し合って決めた。

その湛兵衛は奉行の「お松を幸せにするため手放すと思え……」という言葉が胸に突き刺さった。

可愛《かわい》い、可愛いだけでは駄目なのだと奉行が釘《くぎ》を刺したのだと思う。確かに考えてみれば自分が死んだあとお松はどうやって生きていけるのか。

百両や二百両の小判を残してもお松が幸せになれるとは限らない。逆に大金を狙《ねら》われるかもしれないのだ。

湛兵衛は自分の勘違いに気づいた。

「すべてお奉行さまにお任せしてきた。爺はそう長くは生きられないから、これからのことはお奉行さまに相談するといい」

「水戸に帰るの？」

「うむ、助右衛門と静かに暮らすつもりだよ。早く嫁に行くことだ。お前の子を抱きたいが無理なようだな？」

「御免なさい」

「ここのお繁さんも相談に乗ってくれるから……」

「うん……」

直助とお松が奉行所に向かうと、湛兵衛は杖《つえ》を突いて水戸に向かって出立した。

孫娘の幸せを願い、湛兵衛は断腸の思いで掌中《しょうちゅう》の珠《たま》であるお松を手放した。

それは北町奉行米津勘兵衛を深く信頼したからだ。

勘兵衛が城から戻るとお松と直助が平伏した。

「お松か？」

「はい！」

「爺さんはどうした？」

「水戸に戻りました」

「そうか、どこに奉公するか爺さんから聞いたか？」

「はい、塩問屋の上総屋さまと聞いております」

はきはきと答える。

「そうだ。江戸で一番大きな塩問屋だ。わしも上総屋から塩を買っている。お城もそうだ。そんな上総屋だから忙しく、奉公は少し大変かもしれない」

「はい、しっかりご奉公します」

「それでよい。時々、黒川六之助という者を行かせるから、何か話すことがあれば六之助に話せばわしに聞こえてくる。いいな？」

「はい！」

「宇三郎、お松を上総屋に連れて行ってくれ……」

「承知いたしました。お松、行こう」

「はい……」

心細そうにお松が直助を見る。直助が小さくうなずいた。

「おじさん……」

「お松……」

直助がお松の手を握りそうになった。だが、ここで甘い顔はできない。また小さくうなずいた。

「大丈夫だ。気をつけてな」

「うん……」

勘兵衛と直助に見送られ、お松が部屋から出て行った。この奉公がお松の人生を激変させることになる。

直助は湛兵衛との因縁を勘兵衛に話して商人宿《あきんどやど》に戻って行った。

その帰りしなに、言いにくそうに「お奉行さまにお会いして湛兵衛が一回り歳《とし》を取ってしまいました。もう、何もできないと思います」と言った。

「そうか、生き甲斐《がい》のお松をわしに取られたと恨んでいるか？」

「へい、そうかもしれません。御免くださいまし……」

直助が本当とも嘘《うそ》ともとれる微妙なことを言い残して部屋から出て行った。

喜与が言う。

「直助さんも寂しそうでしたね」

「一回り歳を取ったのは湛兵衛ではなくあの親父《おやじ》の方だな」

「そうかもしれません」

「お松のためだ」

「はい……」

湛兵衛や直助のように荒っぽい人生を生きてきた者たちは、さっぱりしているようだが、この世に残す後ろ髪が結構多いのだ。

それを丁寧に拾ってやるのも奉行の仕事だろうと勘兵衛は思う。

一方で、六之助には時々上総屋に立ち寄って、お松の消息を聞いてやるように命じた。

人一人が五十年の人生を生きるのは容易ではない。

道に迷うことも多いだろう。

そんな道から転げ落ちた女が勘兵衛の前に現れた。それは盗賊仲間の間では白《しろ》雀《すずめ》という異名のあるお市《いち》という女だ。

その姿を見た者は非常に少なく、女の左の二の腕にある白雀の刺青《いれずみ》を見た者は、なお少ないという。

その白雀を見た一人が直助の養子になった七郎だった。

「御免よ、お繁、親父はいるかい?」

いつものように六之助が不忍《しのばず》の商人宿に顔を出した。

「黒川さま、父は水戸に行きました」

「水戸?」

「ええ……」

「そうか、そのお松の話をしようとまいったのだが、水戸か?」

「黒川さま、いらっしゃい……」

「おう、七郎、親父は水戸だそうだな?」

「へい、今朝出かけましたので、しばらくは戻らないかと思います。あっしでお役に立つことでしたら何《な》んでもいたしやす」

「うむ、親父は楽隠居《らくいんきょ》か?」

「お繁、ちょっと池まで行ってくる。黒川さま、ちょっと……」

「おう、お繁、邪魔したな」

六之助が七郎に誘われて商人宿を出た。

「お繁に聞かれちゃまずい話か？」

「そういうことじゃないですが、あっしの古傷でございまして、心配するかと思いまして……」

「そうか、古傷か？」

二人はぶらぶらと不忍池の畔《ほとり》まで歩いた。

「あれは十数年も前のことです。中山道の妻籠《つまご》、馬籠《まごめ》、落合《おちあい》、中津川《なかつがわ》あたりから鳥居本《とりいもと》あたりまで、五両、十両の仕事をしておりました。そんな時に、垂井《たるい》宿の南宮《なんぐう》神社の六斎市《ろくさいいち》で、あっしと同じ匂《にお》いの女と出会ったのでございます」

「垂井か、美濃《みの》だな？」

「そうです。その女と酒を飲み、その日は同じ旅籠《はたご》に泊まりました。越後《えちご》生まれのお市という女は抜けるように色が白く、左の二の腕に白雀の刺青がありました」

「白雀の刺青……」

「黒いぼかしの中に白い雀が二羽、一羽は女を捨てた野郎なんでしょうが、いい女であっしは溺れました。銭のあるうちは何日も旅籠に逗留《とうりゅう》、銭がなくなれば二人で仕事をしました。その銭で何日も旅籠から出ません」

「えらく楽しそうだな？」

「へい、それは楽しいなどというものではありませんでした。天国と極楽が一緒のようでした。だが、そんな日は長くは続きません。ある日、白雀が忍び込んだ仕事先で人を一人刺し殺したのです」

「殺しの癖か？」

「はい、そう思いました。人を殺したいという癖は治りません。そこで、お市が寝ている間に旅籠から逃げました」

七郎の大きな古傷だ。それも厄介《やっかい》な女がらみだ。

「それ以来会っていないのか？」

「一度、見つかって追われましたが何んとか逃げ切りました」

「危ない女だな」

「実は、その女がこの不忍の商人宿を嗅《か》ぎつけたようだと、古い下諏訪の仲間が知らせてきました。今度は逃げずに白雀と会おうと思います」

「会って大丈夫か。話のできる女なのか？」

「わかりません。十年の間には相当悪くなっていると思います。何人も人を殺したでしょうから……」

「会わない方がいいのではないか？」

「逃げてばかりはいられないと思うのです」

「そうだが危険だぞ。お奉行にも話をする。親父とお繁を悲しませるようなことがあってはならぬぞ」

「へい……」

白雀のお市は、捨てた男や捨てられた男をみな、殺してきたのではないかと七郎は思っている。

きれいな顔に隠れて夜叉《やしゃ》がいる。

それを見た七郎を白雀は生かしておかないと思うのだ。

六之助は話を聞き、七郎が白雀のお市と会うのはかなり危険だと考えた。奉行がどう考えるか二人のことを話したい。

「白雀はいつ江戸に入ってくる。もう来ているのか？」

「それがわかりません。一人で出てくるのか、それとも仲間と出てくるのか？」

「しばらく、家から出るな」

六之助が命じるように言う。これは急を要する話だと感じた。

「いいか、家から出るなよ。お奉行のお考えを聞いてくる！」

慌てて六之助が七郎を商人宿に送り、奉行所へ走った。だが、この時既に事件が進行していた。

六之助と七郎が不忍池で話をしている時、お繁がお市に呼び出され拉致《らち》されていた。

「お繁……」

そろそろ商人宿に仕事の終わった客が戻ってくる夕刻、お繁が消えた。

「お繁ッ、お繁……」

七郎は商人宿の中も外も探したが、どこに行ったか姿がない。七郎に行く先を告げずに出かけることなどこれまでになかった。

白雀のお市の仕業だと直感した。

六之助と別れたばかりで七郎に打つ手がない。直助もいなかった。この時、お繁は七郎の子を懐妊《かいにん》していた。

「小平次《こへいじ》さん、ちょっと急用ができたのだが親父もお繁も出かけたのだ。これからみんな戻ってくるが店を頼めるかな？」

何日も泊まっている常連客に頼んだ。白雀の動きが速い。お繁の命が危ない。

「急用かい、ようござんすよ。行ってきなせい！」

「すまねえ。半刻（約一時間）ほどで戻りますんで……」

七郎は商人宿を飛び出すと、六之助の後を追うように奉行所に向かった。賢明な判断だった。こういう問題は一人ではどうにもならない。

大急ぎで奉行所に戻ってきた六之助は、長野半左衛門と青田孫四郎に七郎と白雀のお市の話をした。

「女の凶賊《きょうぞく》か？」

「七郎が危ないぞ。女の執念《しゅうねん》は半端じゃないからな」

「そんな女を探すといっても難しいな？」

半左衛門がどんな手を打てばいいのか考えている。まだ事件が起きていないのに与力や同心を大人数動かすのは困難だ。

三人が相談しているところに目の色を変えた七郎が飛び込んできた。

「お繁が勾引《かどわか》されたようです」

「何んだと！」

三人が七郎をにらんで一瞬凍り付いた。

「来い！」

半左衛門が三人を率いて勘兵衛の部屋に向かった。勘兵衛は喜与とお幸、お末を相手に煙草《たばこ》を吸いながら食い物の講釈をしていた。

江戸は急に大きくなった城下で、ないないづくしの町では衣食住何んでも商売になる。勘兵衛はそんな話を女たちにしていた。

「お奉行！」

「どうした、七郎ではないか？」

血相を変えた半左衛門と珍しい七郎の顔を見て、勘兵衛は只事《ただごと》ではないと直感して煙草盆で銀煙管《ギセル》をポンとはたいて灰を落とした。

「お繁が勾引されたようです！」

「何んだと！」

勘兵衛が半左衛門をにらんだ。

「七郎の昔の仲間に、お繁が勾引されたようなのです」

「孫四郎、みなを呼び戻して四つの宿に検問を作れ。悪党を江戸の外に出すな！」

「畏《かしこ》まってございます！」

青田孫四郎がサッと座を立った。

「七郎、それはお前の古傷だな？　女か？」

「はい、女の古傷にございます。申し訳ありません！」

「よくあることだ」

それを聞くと喜与がお幸とお末を連れて部屋から出た。若い娘に聞かせる話ではないと思った。男女のことは二人の娘には最も興味のある話だ。

七郎が、六之助に話したことをかいつまんで勘兵衛にも話した。

「白雀の刺青か？」

「女の二の腕を調べてよいでしょうか？」

「七郎、二の腕のどのあたりだ？」

勘兵衛はさすがに女の二の腕を調べるのに躊躇《ちゅうちょ》した。調べていいとは言えない。

「肩と肘《ひじ》の中間あたりです」

勘兵衛が自分の二の腕をさすった。

「白雀の歳は？」

「三十を一つ、二つ超えています」

「化けるか？」

「いいえ、色白なので化粧も紅ぐらいでした」

「背丈は？」

「五尺（約一五〇センチ）ほどで少し小柄かと……」

「半左衛門、どうだ。わかったか、絞《しぼ》り込めるか？」

「はい。七郎、何か特徴はないのか？」

「ございません。ただ一つ、赤い色が好きでした」

「赤い色？」

あまりにも漠然《ばくぜん》としていて、赤い色だけでは手掛かりになりそうもない。

「半左衛門、歳は三十歳前後、色白、背丈五尺で少し小さい。それに赤い色を身に着けていることが考えられる。これに該当する女の二の腕を調べてよいが、娘たちは絶対に駄目だぞ！」

「承知いたしました」

「六之助、七郎の商人宿の見張りに与力と同心五人、幾松と仙太郎も使え！」

勘兵衛の命令で一斉に奉行所が動き出す。この頃の北町奉行所は動きがキビキビしてきたと勘兵衛は満足だ。

戦場らしくなってきた。

「お繁を取り戻すまでは慎重にやれ。必ず商人宿に現れるはずだ。七郎は一人では動くな。白雀の狙いはお前の命なのだ」

「はい！」

四人が奉行の部屋を出ると、入れ替わりに宇三郎と文左衛門が入ってきた。

「お繁が勾引された」

「お繁が？」

「七郎の昔の女の恨《うら》みだ。猶予《ゆうよ》はない」

「まさか、お繁の命を？」

「わからないが、狙いは七郎の命だろうと思う」

白雀の実態が今一つわからない。何人かの仲間がいると思えるが、そのあたりのことは誰にもわからない。

「文左衛門、急いで鬼屋のお滝と石倉左兵衛《いしくらさへえ》、富造《とみぞう》の三人を連れて来い！」

「はい！」

文左衛門が出て行った。

「白雀のお市という女は侮《あなど》れないようだ。七郎の命を守らなければならないが、直助は水戸に行っているそうだ」

「呼び戻しましょうか？」

「いや、知らせても心配するだけだ。隠居の楽しみを奪うこともあるまい？」

「はッ！」

勘兵衛にはお市という女が何を考え、どのように動こうとしているのかがわからなかった。

中山道で仕事をしていたということは、江戸には詳しくないだろうと思われる。それが勘兵衛の考えだ。

「宇三郎、お繁を勾引《かどわか》したのは一人とは思えない」

「はい！」

「どこかに巣があるはずだ。嫌がるお繁をそう連れ回すことはできまい。駕籠《かご》も考えられるがそう遠くない場所に巣があると思う」

「承知しました。そのように手配いたします。明日までに不忍池の周辺をすべて調べます」

「うむ、藤九郎を呼んでくれ！」

「はい！」

勘兵衛は考えられる手をすべて打つ覚悟だ。

「喜与はいるか？」

「はい……」

隣室に控えていた喜与が戻ってきた。

「襤褸《ぼろ》の着物はあるか？」

「襤褸、そのようなものはございませんが？」

「これから文左衛門が、お滝と石倉左兵衛と富造を連れてくる。お滝と相談して文左衛門と左兵衛を襤褸の浪人、富造を乞食《こじき》に作ってもらいたい」

「浪人と乞食でございますか？」

「そうだ。文左衛門と左兵衛は商人宿に泊まり込ませる。富造は不忍辺りの乞食に化けさせる」

「はい、わかりました」

途端に喜与は猛烈《もうれつ》に忙しくなった。

北町奉行所の厩衆《うまや》や小者、捕り方、台所衆に襤褸の着物を拠出するように話す。あちこちから集めていると文左衛門が戻ってきた。喜与は、

「お滝さん、文左衛門を襤褸の浪人に作ってください。急ぎます」

「ぼ、襤褸の浪人？」

「髷《まげ》も結い直して、そのあたりの襤褸から着る物を選んで……」

「あのう……」

「早く、急ぐのです。お願いします」

「お滝、まず髷を頼む！」

文左衛門はお滝が髷を結うことも、着物のことも何もできないことを知らない。

「早くしてくれ！」

実は、六之助が鬼屋の暗がりで、逢引《あいび》きの人影を見たのは文左衛門とお滝だったのだ。文左衛門に押し切られお滝は受け入れた。

若い男と女は他人にはわからない。

「できないの、髷のこと……」

この頃はまだ髪結いという商売がちらほらで、ほとんどが自宅で髪を結《ゆ》っていた。やがて髪型の流行などが起きて女髪結い、元結《もつとい》売りなどの商売が比較的早くに生まれる。女は髪型に敏感だった。

だが、男のように育ったお滝はそういうことに興味がない。

「そうか、着物を先にしよう」

文左衛門はお滝にやさしく、怒ったりしない。

「そこの継ぎはぎの無地の小袖がいい……」

「こんな襤褸？」

「浪人だからそれぐらいでないとまずかろう」

「でも、こんな襤褸は汚いもの……」

「そうか、それじゃ、そっちの無地がいいな」

「これもひどいよ」

「それぐらいがちょうどよいのだ。変装するんだから……」

「そうなの？」

二人を見ている喜与は、二人がずいぶん親しいと感じた。お滝は、あまりひどい襤褸を愛する人に着せたくない。

ところが、そんな文左衛門を見て勘兵衛が「そんな浪人がいるか、もっと襤褸に着替えろ！」と叱った。

その勘兵衛をムッとした顔でお滝がにらむ。

石倉左兵衛は喜与に襤褸を着せられて、あまりにひどい襤褸で大いに不満そうだ。だが、喜与はよくできたと思っている。

お幸とお末に作られた乞食の富造が一番よく似合っていた。

「顔を汚《よご》そうよ？」

「そうだね。煤《すす》を塗《ぬ》ればいいか？」

「そうだ。それがいい。それにしよう……」

美人の娘二人に乞食にされて「どうだい、似合うか？」などと、富造はニコニコ機嫌がいい。

浪人と乞食のあまりにひどい三人の恰好《かっこう》に、お幸とお末が口を押さえて噴《ふ》き出す。何んとも賑《にぎ》やかだ。

「笑っちゃだめですよ！」

叱った喜与がプッと噴き出す始末でどうにもならない。それほど三人は思いっきりひどかった。怒っている顔のお滝も喜与につられて噴き出した。

「笑うな！」

「はい！」

お滝が初めて文左衛門に叱られた。それでもおかしいものはおかしい。我慢すると娘三人は腹が痛くなる。

「文左衛門と左兵衛は二本差しで、首に襤褸笠《がさ》を吊《つ》るし旅姿で商人宿に泊まれ。

白雀という美人の女が現れたら捕《と》らえろ！」

「はいッ！」

「仲間は斬ってもいいが白雀のお市は生け捕りにしろ。凶悪な女だ。これまで何人の男を殺したかしれない。そうだな。左兵衛？」

「はい、さようでございます」

「商人宿の七郎が狙われている。傍《そば》から離れるな」

「はい！」

七郎と一緒だった石倉左兵衛はお市と七郎の経緯を詳しく知っている。

「喜与、左兵衛にわしの古い差料《さしりよう》を貸してやれ。少し塗りが剝《は》げているぐらいがちょうどいい」

「はい、すぐ持ってまいります」

武士を止めた左兵衛はもう太刀は差していない。

「富造、お前は商人宿の裏口を見張れ。女が現れたら後をつけろ！」

「へい！」

「その白雀のお市という女は歳のころが三十歳前後、色白、背丈五尺ぐらい。それに赤い色を身に着けていることが考えられる。七郎が動いたら後をつけろ！」

「承知いたしました」

何んとも汚らしい作りの三人が部屋を出ていった。喜与が左兵衛に渡した刀はなかなかの大小だった。

その三人を玄関で見送ってから、青木藤九郎が一人で勘兵衛の部屋に現れた。

喜与たち女はもういなかった。

「お奉行、厄介な女だそうで？」

「うむ、宇三郎に聞いたか？」

「はい、女凶賊だと……」

「七郎の嫁、お繁が勾引された。凶賊の巣がそう遠くないところにあると思う。巣鴨村、駒込村、豊島《としま》村、王子村のあたりを見廻ってくれ！」

「承知いたしました」

「倉之助を連れて行け……」

勘兵衛は白雀のお市を必ず捕らえようと考えている。

第十章　古傷

　慶長十二年（一六〇七）十二月二十二日朝、巳《み》の刻（午前九時～十一時頃）頃、駿府城の大奥から出火した。

「火事だッ！」

「逃げろッ、逃げろッ！」

「大御所《おおごしょ》さまッ！」

　家康は起きて遅い朝餉《あさげ》を取っていた。側室のお梶《かじ》とお夏を相手に粥《かゆ》をすすっている。その椀《わん》と箸《はし》を放り投げた。

「ついて来い！」

　家康は立ち上がると、二人の側室と廊下に飛び出した。既に、煙が近くまで来ていて危険だとすぐわかる。

「大御所さまッ、こちらへッ！」

近習《きんじゅ》が家康を庭に逃がそうと戸を開けた。すると驚くほど身軽に家康がトンッと三尺（約九〇センチ）ほどの高さから飛び降りた。

「大御所さまッ！」

お梶が手を伸ばして家康に助けを求める。その手をつかんで「飛び降りろ！」と家康が励ます。その家康を頼りにお梶が飛びついた。支えられない家康がお梶を抱いたままひっくり返った。

若いお夏が着物の裾《すそ》をつかむと苦も無く飛び降りた。

家康の傍に家臣が次々と駆けてくる。

「大御所さまッ、ここは危険にございますッ、城外へッ！」

既に、本丸は激しい勢いで燃え上がり、猛火が天守に燃え移っていた。城が燃えると消すことはできない。燃え尽きるのを待つしかないのである。

「よし、出よう！」

家康は決断すると家臣団に守られて城外に出た。

その直後、警固の兵たちが城門を閉めてしまった。逃げ遅れた城内の者たちに多くの死傷者が出る。

火元は侍女の手燭《てしょく》の置き忘れだった。

家康が隠居城と考えて築城《ちくじょう》し、この十月に完成したばかりで、わずか二か月で本丸や天守などすべてが焼け落ちた。

だが、火が消えるとすぐ再建が始まった。

その頃、江戸では例の白雀のお市が七郎の命を狙って動いていた。夕刻、不忍の商人宿に子どもが小石を包んだ紙片を放り投げた。

その紙を、七郎が文左衛門と左兵衛のところに持ってきた。

外では幾松が子どもを捕まえて聞いていた。

紙片にはお繁を返すから根津権現《ねづごんげん》まで来るようにと書かれている。七郎を呼び出す文面だ。

根津権現は不忍池と目と鼻の先で、あまりの近さに三人が驚いた。

「お繁を返すというのは本当だろうか？」

七郎は不安そうだが、本当にお市がお繁を連れてくるかということだ。既に殺してしまったかもしれない。

「お繁を助けたかったら出てこいということだ。白雀の誘いに乗って行くしかないな？」

「根津権現は近い」

「ここから七、八町（約七六〇～八七〇メートル）ぐらいだろうか？」

「よし、行こう！」

文左衛門が傍の太刀を握ると立ち上がった。それに七郎と左兵衛が続いた。

三人が商人宿を出ると、それを見ていた青田孫四郎、木村惣兵衛、林倉之助、朝比奈市兵衛ら小野派一刀流の四人が後を追った。

薄暗くなり始めた不忍池の西側の道を、文左衛門ら三人が走り、それを四人が追っている。

その後を一人の乞食が走っていた。

三人が根津権現の境内に飛び込んだ時、人影はなく、静寂《せいじゃく》が本郷台《ほんごうだい》の森と崖《がけ》に張り付いている。文左衛門が太刀の鯉口《こいぐち》を切ってゆっくり本殿に近づいて行く。

警戒して山門を潜《くぐ》ったが人の気配がない。

「誰もいないのか？」

三人が周囲を見回しながら本殿に近づいて行くと、傍の松の巨木の根方に立ったまま縛られたお繫がいた。

「お前さん……」

「お繁!」

七郎と左兵衛が近づいて、左兵衛が脇差で縄を切って救出する。

「大丈夫か?」

「うん、怖かったよ……」

「辺りに誰もいないが?」

「奉行所の役人が来ると言ってみんな逃げた」

「逃げた?」

「うん、権現さまの裏へ逃げて行った」

「巣鴨村、その先が板橋宿だ」

根津権現の裏参道から逃げれば巣鴨村に出る。文左衛門が考え込んだ。そこに孫四郎ら四人が境内に駆け付けた。

「どうした?」

お繁を囲んでいる三人の傍に孫四郎が近づいて来た。

「お繁を残して逃げたようです」

「見たのか?」

「いや、誰もいなかった」

「お繁、お前を勾引《かどわか》したのはどんな連中だった？」

孫四郎が聞いた。

「浪人が二人に他に男が三人、お前さん、その中に元助《もとすけ》がいたんだ」

「元助？」

「女はいなかったのか？」

「女なんていなかったけど……」

「七郎、元助とは誰だ？」

「へい、昔、一年ほど一緒に仕事をした男です」

「お前の昔の仲間か。おかしいな、お繁を手放すとはどうなっているんだ？」

孫四郎が文左衛門と同じように考え込んだ。

白雀は江戸の周辺にいるのだろうが姿を見せない。臆病なのか慎重なのかそこがわからない。

七郎は近いうちに自分の前にお市が必ず現れると思っている。

だが、なぜお繁を返したのかお市の考えがわからない。

「兎《と》に角《かく》、ここにいても仕方がない。戻ろう」

「青田さま、逃げたのであれば板橋宿まで追ってみたいのですが？」

倉之助は五人で逃げれば目立つはずだと考え、手遅れかもしれないが賊を追ってみようと思った。

「夜だが大丈夫か？」

「大丈夫です」

「それがしもまいります」

木村惣兵衛が名乗り出た。

「二人で行くか、気をつけて無理をするな」

倉之助と惣兵衛が暗がりに走って行った。孫四郎と文左衛門はお繁を返した賊の考えを話しながら、七郎とお繁夫婦を守って境内を出た。

参道の入り口に乞食の富造が立っている。

「行こう……」

左兵衛が乞食に扮《ふん》した富造を見てニッと笑った。辺りはもう暗くなっている。

孫四郎と文左衛門は無事にお繁が戻ってきたことで、一旦、奉行所に戻るべきではないかと話し合った。

そこで万一を考え文左衛門と市兵衛は商人宿に残り、孫四郎が奉行所に戻って勘兵衛に報告してから出直すことになった。

そんな動きを見ていたかのように商人宿に元助が現れた。

「お頭……」

「元助、お繋をよくも……」

「お頭、怒っちゃいけやせんよ。無傷でお返ししたじゃございませんか？」

「元助、うぬはお頭の恩を忘れたのか！」

「おっと、石倉の旦那、怒っちゃいけやせん。お頭に捨てられた白雀の姐《ねえ》さんの気持ちを考えてやってくださいましな。惨《むご》いじゃございませんか？」

「捨てられるようなことをしたからだろう！」

「それを言っちゃいけません。身も蓋《ふた》もねえじゃねえですか。白雀の姐さんはお頭に会いたい、お頭に会いたいで身も世もないんでござんすよ。女もあのように馴染《なじ》んじゃうと哀《あわ》れで、他の男では役に立たないものでござんす」

「ずいぶん喋《しゃべ》るな、元助！」

石倉左兵衛が怒って斬りつけそうだ。昔の仲間で互いによく知っている。

「お頭、顔だけでも姐さんに見せてやっておくんなさいよ」

「お頭、駄目ですよ。こいつの言うことは出鱈目《でたらめ》だッ。うまいこと言って殺すつもりなんだ！」

この時、お槃は疲れ切って奥で寝ていた。文左衛門と市兵衛は騒ぎに気づいて、そっと部屋を出て廊下の隅に身を潜《ひそ》めて話を聞いていた。

「石倉の旦那、お頭が白雀の姐さんに会わねえと、お槃の姐さんを何度でも勾引すことになりますよ。お頭、あっしの顔を立てておくんなさい」

「野郎！」

左兵衛が元助をにらんだ。

密《ひそ》かに元助の話を聞いていた文左衛門は、お槃を返した賊の本当の狙いがこれだと気づいた。

何人いるかわからない敵に市兵衛と二人では心細い。根津神社に出てきたのは五人だが、白雀は姿を見せていないのだから護衛の何人かは傍にいるはずだ。

孫四郎も惣兵衛も倉之助もいない。

「いいだろう。外で待て！」

「お頭！」

「左兵衛さん、これは決着をつけなければならないことなんだ。わし以外お市に引導を渡せる者がいないのだ」

「そうですか……」

「それでは、あっしは外でお待ちいたしやす」

元助が土間から出て行くと、七郎は奥に行って匕首《あいくち》を出した。一度も使わないできた匕首だが白雀を刺し殺すしかないと覚悟を決めた。

「七郎、わしと市兵衛は後ろにいる。ゆっくり行け……」

「へい、お願いします」

「お頭……」

「うむ、油断のできない奴《やつ》らだ。行こう」

七郎と左兵衛が元助に案内されて、上野山と不忍池の間の細い道を入って行った。池の北側に回り込むと草原がある。

文左衛門と市兵衛が三人の後を追い、富造は逆に奉行所へ向かって走っていた。

星明かりの草原には、大きな蔦《つた》柄の着物を着た白雀のお市が一人ポツンと立っている。サワサワと池の方から風が吹き上ってくる。

「ここにいてくれ……」

七郎は左兵衛を残して一人でお市に近づいて行った。

「お市か？」

「七郎……」

「おれを殺しに来たのか？」

二間（約三・六メートル）ほどに近づいて、七郎が立ち止まる。

「違うよ」

「何しに江戸へ出てきた？」

「七郎、お前さんを連れ戻すためさ、二人でやり直すためだよ。いいだろう？」

白雀が一歩、二歩と近づいてきた。

「馬籠に帰ろう。いいでしょ、一緒に馬籠へ帰っておくれよ」

「お市、おれは北町奉行所に捕まったのだ」

「うん……」

「お繁と一緒になり、商人宿を継《つ》ぐという条件で放免された」

「そうなの？」

白雀が七郎の傍に寄ってきた。

「ねえ、馬籠に帰ろう。あの時みたいに一緒に暮らそうよ。いいだろ？」

「それはできない。お奉行さまとの約束は破れない」

「そうなんだ？」

お市があきらめたように言う。その時、白雀は帯に挟《はさ》んだ匕首を握っていた。

「帰れないのか、それなら、死ねッ！」

匕首が七郎の横腹に突き刺さった。

「市ッ！」

七郎が懐の匕首を握ると、白雀の襟《えり》を握り心の臓を乳房の下から深々と突き刺した。

「一緒に死んでくれ！」

「うん……」

白雀が小さくうなずいた。

「七郎……」

匕首をグイッと七郎が捻《ひね》った。

「馬籠に……」

お市の体から急に力が抜けて草原に崩れ落ちた。

バラバラと白雀の配下が草原に飛び出してきた。十四、五人はいそうだ。七郎の後ろから左兵衛が走ってきた。

その左兵衛目掛けて鎖鎌《くさりがま》の分銅《ふんどう》が飛んできて肩の骨を砕《くだ》いた。たたらを踏んで転びそうになった左兵衛に浪人が飛び込んできて胴を抜いた。左兵衛が斬られた。

それでも刀を握っている左兵衛が、片手で刀を振り上げ敵に向かって行った。

そこに浪人の返す刀が左兵衛を逆袈裟《ぎやくげさ》に斬《き》り上げてきた。

「このッ！」

石倉左兵衛は戦わずして草原に転がった。

白雀の手下が七郎に殺到した。

お市に腹を刺されている七郎に十人を超える敵では万事休すだ。その七郎の足元に白雀のお市が仰のけに転がっている。七郎は囲まれた。

死ぬ覚悟を決めた。

その中から一人の浪人が七郎に斬りつけた。匕首でその太刀を弾こうとしたが、匕首を持った七郎の腕を浪人が斬り落とした。

その乱闘に文左衛門と市兵衛が飛び込んで斬り合いになった。

鹿島新当《かしましんとう》流《りゆう》の文左衛門も小野派一刀流の市兵衛も強い。文左衛門が鎖鎌の浪人に突進すると、分銅が飛んでくる前に左肩から袈裟斬りにして倒した。

その返す刀で七郎の腕を斬った浪人の胴を横一文字に切り裂いた。

市兵衛もまず浪人を狙って二人を倒す。

暗闇に火花が散る接戦になった。

文左衛門と市兵衛が倒すべきは浪人だ。

その浪人を四人までは斬り倒した。どんな不利な戦いでも奉行所の役人は切り抜けなければならない。残った一人を文左衛門が追い詰める。

文左衛門は既につかれていた。だが、気力を振り絞って浪人との間合いを詰めた。油断すれば斬られる。

追い詰められた浪人が上段に刀を上げて襲いかかってきた。

その浪人のがら空きの胴が見えた。その胴に文左衛門の刀が走った。瞬間、浪人の体が跳ね上がるように飛んで草原にドサッと落ちた。

残りは匕首を握った腰の引けた盗賊だけだ。

浪人五人を倒してしまえば、残りの盗賊など二人の剣客の相手ではない。

二人は峰《みね》に返した太刀で次々と叩《たた》き倒していく。元助がボキッと腕を折られて草原に転がった。

三人ばかりが闇の中に逃げて行った。

「七郎ッ、しっかりしろッ!」

文左衛門が駆け寄った。

市兵衛が左兵衛を抱き起こしたがもう息絶えている。

七郎の方はまだ生きていた。

白雀の匕首は七郎の角帯に刺さった。女の非力で一寸ほど刺さっただけで止まっている。むしろ、斬り落とされた左腕の出血がひどい。

文左衛門は、太刀の下げ緒で七郎の腕を縛って血止めをする。

七郎は気を失っていた。

「戸板と人を呼んで来てくれッ！」

「承知ッ！」

市兵衛が山裾を走って行った。

文左衛門は七郎を草むらに寝かせると、死んだ者と足や腕が折れて動けない者を数えた。

白雀のお市と左兵衛に浪人五人が死んだ。

動けないのが七郎と盗賊たち六人、文左衛門が見た逃げた者は三人だった。文左衛門も肩にかすり傷を負っている。

凄《すさ》まじい乱戦だった。

浪人があと一人、二人多ければ、逆にやられていたかもしれないと思う。

しばらくすると、市兵衛がお繁と商人宿の客に、戸板を持たせてぞろぞろ連れて現れた。

「お前さん！」

倒れている七郎を見てお繁が卒倒しその場に崩れ落ちた。市兵衛が連れてきた人数も運んできた戸板も全く足りない。

「まず七郎を宿に運んで医師を呼んで来てくれ。絶対に助ける。腹の傷は浅手だ！」

宿の客たちが大慌てで七郎を戸板に乗せて運んで行った。

「お繁ッ！」

市兵衛が大声で叫んでお繁が気絶から目を覚ます。この忙しいのに気絶している時ではない。

「七郎は生きているッ。しっかりしろッ！」

「うん……」

「七郎が家に帰るッ。追っていけ！」

「は、はいッ！」

大騒ぎしているところへ、馬に乗った孫四郎が駆け戻ってきた。

「これはひどいな……」

「三人、逃げられました！」

文左衛門が三人の逃げた方を指さした。

「おう、板橋宿だな？」

「おそらくそうです！」

「よしッ、任せておけッ！」

孫四郎が馬腹を蹴って草原を抜けて行った。

その孫四郎を追って、書き役の岡本作左衛門と村上金之助が、捕り方を十人ほど連れて駆けつけた。

奉行所も人が出払っていて与力、同心がいなかった。

捕り方が加わっても怪我《けが》人を運ぶのに人手が足りない。

「近くから戸板を探してこいッ！」

作左衛門が捕り方に命じる。

峰打ちで手足を折られた盗賊がうめいている。触るとひどく痛がった。

「痛いぐらい我慢しろッ！」

「わからんが、女の執念は怖い。白雀の方は死んだようだ」

「七郎は死んだので？」

「うむ、十人ばかりを斬ったが、盗賊が多すぎた！」

「逃げた？」

「盗賊三人がこっちに逃げた。ここから一歩も出すな！」

しがったがもう手遅れだ。

話を聞いた惣兵衛と倉之助は「しまった！」と思った。江戸に入られたかと悔
「白雀に七郎がやられた！」

そこに馬に乗った孫四郎が飛び込んできた。

板橋宿に走った木村惣兵衛と林倉之助の二人が、奉行所に戻るか迷っていた。

命を取り留めるか微妙なところだった。

につきっきりで看病した。

その頃、商人宿に運ばれた七郎は、駆けつけた医師に手当てを受け、お繁が傍
「おう、承知！」

「うるさいッ。金之助ッ、二十人ばかり人を集めて来てくれ！」

「痛いよ……」

板橋宿を与力の石田彦兵衛と赤松左京之助が抑えている。同心は池田《いけだ》三郎太《さぶろうた》と佐々木勘之助と大場雪之丞の三人がいた。

そこに与力の青田孫四郎と同心の木村惣兵衛と林倉之助が加わった。

板橋宿から絶対に出さないという構えだ。

第十一章　盗人宿《ぬすっとやど》

不忍池の戦いの後始末は、朝になってようやく終わった。

盗賊との壮絶な戦いに勝った彦野文左衛門と朝比奈市兵衛が、疲れきった体を引きずるようにして奉行所に戻ってきた。

心配のあまり、帰らないで待っていた鬼屋のお滝と、勘兵衛に呼ばれた市兵衛の妻が奉行所の玄関に飛び出した。

「あッ、斬られている！」

文左衛門の肩が斬られて乾いた血がこびりついていた。お滝が仰天する。

「大丈夫だ」

「血が……」

「擦《かす》り傷だ！」

文左衛門が敷台に座って草鞋《わらじ》を脱いだ。お滝がドキドキ心配そうに見ている。

「お帰りなさいませ……」

「うむ、少し疲れた」

市兵衛の妻が敷台に座って武家の女らしく、戦いから戻った夫に落ち着いた挨拶をし太刀を受け取る。

「ご苦労さまでございます」

それを見てお滝も傍に座り「お帰りなさい」と文左衛門に頭を下げた。

「お奉行は？」

「奥にいるよ」

「間もなく登城の刻限だな？」

「うん……」

文左衛門は勘兵衛の部屋に市兵衛と向かった。市兵衛の妻とお滝も続いた。勘兵衛は喜与と朝餉を取っていた。

「只今《ただいま》、戻りました」

「ご苦労、どうであった？」

「はい、白雀のお市が死に、七郎が右腕を斬り落とされ重傷にございます」

「命を取り留めそうか？」

「まだわかりません。かなりの深手にございます」

「喜与、すぐ良い医師を向かわせろ！」

「はい！」

「市兵衛、ご苦労だったな」

「はッ！」

「お奉行、石倉左兵衛殿が亡くなりました」

「盗賊にか？」

「はい、鎖鎌の分銅に肩を砕かれ、暗い中で胴を抜かれました」

「そうか、左兵衛が死んだか、長五郎に伝えてくれ。お幸、もう膳《ぜん》を下げていいぞ」

「はい！」

「その肩の傷は？」

「擦り傷にございます」

「お滝、手当てをしてやれ！」

「はい！」

「市兵衛、役宅に帰ってゆっくり休め……」

「はッ！」

奉行所は緊張している。珍しいことだが誰にも笑顔がない。市兵衛が妻を連れて部屋から出て行った。

「お滝、文左衛門のその襤褸《ぼろ》を着替えさせろ」

「はい！」

文左衛門とお滝も部屋から出た。そこに喜与が戻ってきた。

「作左衛門殿に頼みました」

「そうか、お滝は文左衛門に惚《ほ》れたな？」

「惚れたなんて、そんなものじゃございません。昨夜は帰宅しないばかりか、おそらく心配して一睡もしていないのでしょう」

「そうなのか、どうなっているのか若い娘の気持ちはさっぱりわからないな」

勘兵衛が苦笑いする。

長屋に戻った文左衛門は、傷の手当てをすると自分で髷を結い直し、手際よく衣服を常の着物に着替えた。

「御免なさい」

「何が？」

「何もできなくて……」

お滝は武家のことを何も知らず、泣きそうな顔になってしまう。

「気にするな。行ってくる」

「どこへ？」

「どこって、江戸城だよ。これからお奉行が登城される」

「そんな、帰ってきたばかりなのに……」

「内与力は何んでもしなければならないのだ。望月殿も青木殿も見張りに出ておられるのだ。お奉行の登城に故障があってはならぬ」

「そうなの？」

「鬼屋に帰るか、それともここで帰りを待つか？」

「ここにいる！」

うれしそうにニッと笑う。もう、鬼屋には帰りたくないと思う。

「そうか、行ってくる」

文左衛門が太刀を握って立ち上がった。お滝が市兵衛の妻を真似《まね》て「行ってらっしゃいませ……」と挨拶した。

「昼過ぎには戻る」

「お待ちしております」

慣れない言葉を使って照れ笑いをする。常なら「待っているよ」というところだ。武家とはなかなか厄介だ。

ところが一晩中寝ていないお滝は、文左衛門の長屋にいてもやることがなく大欠伸《あくび》ばかりしていたが、遂《つい》に転がって寝てしまった。

天真爛漫《らんまん》で強気なお滝も強烈な睡魔には勝てない。

武家の奥方になるには、少々お行儀がよろしくないのだが、町場で気ままに育ったのだから仕方がない。

いつものように昼過ぎに勘兵衛が下城して、文左衛門が長屋に戻るとお滝が猫のように丸まっている。何んとも可愛らしい大きな猫だ。

お滝に惚れぬいている文左衛門はニッと微笑《ほほえ》み、羽織を脱ぐと丸まったお滝にかけて長屋を出た。着替えようと思ったのだがあきらめた。

この日、不忍池の戦いから逃げた盗賊三人は、板橋宿には現れなかった。奉行所の手が回ったと感じて姿をくらましたのだ。

翌日、板橋宿に現れたのは盗賊ではなく、お末の父親、兄、叔父《おじ》、お末を嫁にしたい男とその父親の五人だった。お末の兄と叔父は奉行所に顔を知られている。

お末の父親は雪之丞が知っていた。

「おい、長松！」

与力の石田彦兵衛が声をかけた。

「あッ……」

呼び止められて驚いた顔の長松が立ち止まると、他の四人も立ち止まった。

「北町奉行所の与力石田彦兵衛だ！」

「へい……」

「あッ、大場さま！」

雪之丞が彦兵衛の傍に寄って行った。雪之丞が現れて何事かと五人は驚いている。

「江戸に来たのか？」

「へい、お奉行所にまいりますので……」

お末の父親は腰が低い。

「奉行所に何用だ？」

「お末をいただきに上がりますのでございます」

「ほう……」

「石田さま、それがしが……」

雪之丞が案内を名乗り出た。

「そうだな。これから行けば、お奉行の下城の刻限だ」

「はい、親父殿、それがしが案内します」

「大場さま……」

五人が雪之丞の後に続いて奉行所に向かった。

雪之丞は勘兵衛がお末を渡さないとわかっている。むしろ、お奉行はこの連中が出てくるのを待っているとさえ思えた。

勘兵衛は城から下がって着替えると、喜与とお幸、お末を相手に茶を飲んでいる。そして銀煙管で煙草を吸う至福の時だ。

何んとも美味《うま》そうにプカーッとやれるようになった。煙がそんなにうまいのかと言いたくなる。

「お奉行、雪之丞が妙な五人を連れてまいりましたが？」

「砂利敷に入れておけ！」

「はッ、そのようにしておきました」

「五人か……」

宇三郎は五人の素性はわかっていたが、お末がいるので五人と曖昧に言った。

それに気づいた喜与がお幸とお末を連れて部屋を出た。

「誰なのだ?」

「お末の父親です」

「ほう、来たか。よし、見てみよう」

勘兵衛と宇三郎がすぐ公事場に現れた。

「お奉行さまだ!」

雪之丞が怒ったように言う。五人が平伏すると勘兵衛が縁側に下りてきた。

「お末の父親は顔を上げろ!」

「へい……」

「そなたか、わしがお末を預かっている北町奉行の米津勘兵衛だ。他の者も顔を上げろ!」

勘兵衛がお末の婿《むこ》になる男をにらんだ。

するとと男が気まずそうにうつむいた。

この男じゃ駄目だと、勘兵衛は気に入っているお末を渡す気にはなれない。それを雪之丞が見ている。

「親父、そなたに少々聞きたいことがある。神妙に答えろ！」

「へい……」

「そなたはお末が川越に戻った時、お末からいくらもらった？」

「へい、五両でございます」

「その五両はどうした？」

「それは、あのう……」

「答えろ！」

勘兵衛ににらまれてお末の父親が震えあがった。

「あのう、博打《ばくち》に……」

「何ッ！」

「ば、博打に……」

「馬鹿者ッ、その五両はわしがお末に預けた八十六両の中から出たものだ。八十両は戻ってきたが六両が足りない。一両はお末に預かり賃として与えたが五両足りない。わしの五両を返せ！」

「そ、そんな……」

「そんなもこんなもあるかッ、わしの五両だッ、返しやがれッ！」

勘兵衛が五人をにらんで凄《すご》んだ。雪之丞が驚いて見ている。

かつてない憤怒《ふんぬ》の顔だ。

「恐れ入りましてございます！」

「五両で打ち首はかわいそうだ。五人揃《そろ》って島流しでいいかッ？」

勘兵衛の得意とする脅しが始まった。

「ご、ご勘弁を！」

お末の婿になる男が怯《おび》えて泣き出した。

「親父、うぬは博打の形に一分二朱でお末を女衒《ぜげん》に売り渡したな？」

「それは……」

「わしはお末を気に入っておる。その五両でお末を買った。一分二朱を五両で買うのだ。文句はねえだろうな。返答しろいッ！」

江戸で伝法、上方で耄碌《もうろく》などという阿婆擦《あばず》れた無頼《ぶらい》の言葉だ。

「奉行をなめるんじゃねえ、きりきり返答しやがれッ！」

お奉行の怒りに、恐れ入った五人が勘兵衛に平伏する。完敗だ。

「宇三郎、この親父に売り渡し状を見せて爪印《つめいん》をさせろ！」

「はいッ、畏《かしこ》まりました」

「親父、あの八十六両はな、わしがお末の幸せを願って預けたものだ。お末が幸せになるまではわしのものだ。わかるな？」

「へい……」

「それを博打に使うなど言語道断、ここで打ち首にしても人々はわしを許すだろう」

　勘兵衛は本気で怒っていた。

「奉行の目は節穴ではないぞ。おぬしら五人の狙いが残りの八十両にあることはお見通しだ。いずれ来るだろうと待っておった。親父、長松、お末の叔父、お末を嫁にしたい男、その父親、みな恥を知れ！」

「恐れ入りました。お許しを……」

「二度と博打はしないと誓うか。誓わねば即刻、ここから八丈島に島流しにする。五人とも一生島から帰れないようにするぞ！」

「ヒーッ！」

　お末を嫁にしたい若い男がひっくり返りそうになった。

「親父、博打はやらぬと誓うか？」

「へいッ、誓います。間違いなく誓います！」

「よし、今度限りだ。許す」

「ありがとうございます……」

五人が筵《むしろ》に平伏した。

「金輪際《こんりんざい》、お末をおぬしらには渡さぬ。わしのものだ。いいな？」

「わかりました！」

勘兵衛があまりお末をわしのものだというので、雪之丞が本当にお末を取られるのかと心配になる。

「折角江戸まで出てきたのだから、足代に一両ずつやろう。これから川越に戻って仕事に励め。いいか親父、二度と博打をするな。博打をしたら、その首を刎《は》ねるからそう思え！」

「へッ、恐れ多いことで……」

島流しが打ち首になった。

「念のため言い聞かせておくが、わしは、お末をそこにいる大場雪之丞の妻として下げ渡すつもりだ。武家に嫁《とつ》ぐのだから文句はなかろう。いいな？」

五人がジロリと雪之丞を見る。

「そうだ。雪之丞、ちょうどいい機会だ。折角お末の一族が来ておるのだから、今夜お末と祝言を上げて一緒になれ！」

「はッ、そういたします！」

「宇三郎、支度を！」

「承知いたしました。取り急ぎいたします」

その夕刻、突然雪之丞の役宅で、ああでもないこうでもないと大急ぎ、大騒ぎ、大慌ての祝言が行われた。

簡素だが、雪之丞の両親孝兵衛と幸乃に例の五人、酒飲みの同僚の同心たち、雪之丞の幼馴染などが集まり賑やかだ。

お末は終始ニコニコでいつでも雪之丞に飛びつける。

奉行所ではそんな勝手はできないが、雪之丞と二人になってしまえばお末のものだ。

数か月だが、奉行所の喜与とお幸から、武家の仕来たりや作法を学び、料理も少しだけだができるようになった。

足りないところは雪之丞の母幸乃に教えてもらえばいい。

勤めに熱心な雪之丞は益々《ますます》仕事に励んだ。

「どうだ、雪之丞……」

「はッ、お奉行のお陰ですべてうまくいっております」

「そうか、ところでお末から預かっている例の八十両だが……」

「お奉行、このままお預かりいただけないでしょうか、二人でそのように決めました。八十両もの小判をいただいても使いようがございません。父も母も同じ考えにございます」

「そうは言うが、三十俵二人扶持《ぶち》で四人暮らしはきつくないか？」

「父が申しますには賄《まかない》を広げると縮めることができなくなる。四十俵あれば充分だということでそのように……」

　この頃は、一人扶持を五俵と勘定した。

「なるほどな、そういうことなら、いざという時のためにわしが預かっておこう」

「お願いいたします」

　雪之丞とお末は小判などなくても、互いの顔を見ているだけで幸せ、寝所に入ればなお結構で毎晩二人で大騒ぎなのだ。

　そんな時、水戸に行っていた直助が戻ってきた。

白雀のお市に腹を刺され、浪人に右腕を斬り落とされた七郎は瀕死《ひんし》の重傷だったが、医師たちの手当てが良く何んとか命だけは取り留めようとしていた。

直助は盗賊仲間の仕返しの恐ろしさを知っている。どんな理由があろうとも一人だけ幸せになることは許さない。

それが悪党の掟《おきて》だ。

悪の道の恐ろしさはそこにある。

運よく抜けられるのは幸運でも、ほとんどが生涯の半分以上、悪の道を歩んだりしてしまうものだ。

「七郎……」

「親父さん、すまねえ……」

「いいんだ。しっかり傷を治せ、白雀は死んだそうだな」

「哀れな女だ。江戸へ死ぬために来たんだ」

「そうか……」

凶悪な女だが、白雀は刺し違えて死のうとしたのだと七郎は思う。お市の匕首は七郎の帯で止まった。

女の力で帯芯の入った二枚重なった角帯を刺し貫くのは難しい。

その手ごたえを白雀は感じたはずだ。

深く刺さっていないとわかったはずで、自分の胸に突き刺さった七郎の匕首の深さを感じ、七郎の気持ちがわかってすべてをあきらめたのだ。

七郎はそう思う。

人さえ殺さなければ白雀は可愛らしく無邪気でいい女だった。

一度人を殺すと癖になることが多い。どんな男にそれを覚えさせられたのか、七郎はお市が哀れでならなかった。

「一日も早く元気になれ、お繁と腹の子のためだ」

「うむ、親父さん……」

「何んだ？」

「お市の仲間が逃げたようなんだ。思い当たるところはないか？」

「そんな心配をするな」

「親父さん、お繁が狙われるんだよ」

「そうか、任せておけ、お繁に手など出させないから、大丈夫だ」

「うん、頼みます」

隠居してからあまり腹を立てない直助だが、今回ばかりは七郎を斬られ左兵衛を殺されて激怒した。

　その日の夕刻、奉行所に戻る黒川六之助と色男の小栗七兵衛《おぐりしちべえ》が、七郎の様子を見て行こうと不忍の商人宿に回ってきた。

「おう、親父、水戸から帰ったのか?」

「へえ、さっき帰ってきました」

「驚いただろう?」

「驚いたなんてもんじゃないです。黒川さまに小栗さま、ちょっと上がっていただけませんか、ここでは話しづらいことで……」

「そうか?」

　こういう時は大切な話だと六之助にはわかる。二人は急いで直助の部屋に入った。

「例の逃げた盗賊は捕《つか》まりましたか?」

「いや、まだだ。与力の青田さまと石田さま、赤松さまが板橋宿で見張っている。まったく行方がわからないのだ」

「実は、調べてもらいたいところがありますんで……」

「逃げた三人が隠れているのか?」

「それはわかりませんが調べてほしいのです。元造《もとぞう》を咎《とが》めないでほしいので……」

「元造？」

「へい、巣鴨村の盗人宿《ぬすっとやど》の主人で、あっしの古い友だちです」

「わかった。お奉行にお願いする。心配するな」

「お願いします。不忍の道を中山道に向かい坂を上って行きまして、左に欅《けやき》の巨木があります。その百姓家です」

「あの辺りは駒込村ではないか？」

「へい、巣鴨村と駒込村の境あたりで……」

「そうだな。七兵衛、奉行所に走ってくれ、わしは先に行く！」

「承知した！」

「親父、必ずお奉行に話す。盗人宿の親父は捕らえないと約束する！」

「有り難てえ……」

「よし、行こう！」

六之助と七兵衛が商人宿の外に出て南と西に駆け出した。

直助は話を聞き、逃げた盗賊は巣鴨村の元造の盗人宿にいると直感したのだ。

板橋宿の見張りが緩《ゆる》むのを待っているか、千住に逃げるか王子に逃げるか考えながら、今は隠れ潜んで動かないでじっとしている。

奉行所に戻った七兵衛が半左衛門に事情を話すと、奉行の命令で与力の結城八郎右衛門が板橋宿に駆けた。

巣鴨村には七兵衛の案内で倉田甚四郎、中野新之助、黒井新左衛門、森源左衛門、大場雪之丞の五人に捕り方十人が走った。

先に盗人宿に来た六之助は百姓家の傍の林の中に身を隠した。

百姓家には灯《あ》かりがついているが静かだ。

中にいる者たちが、外のかすかな音に聞き耳を立てているように思える。灯かりに近づくのは危険だ。

人がいることは灯かりがついていることから確かだが、何人いるのか、例の不忍池から逃げた三人がいるのかわからない。

百姓家には近づかないで見張っている。六之助が見ている前で笠をかぶった旅姿の男が入った。

半刻《はんとき》（約一時間）ほど待つと七兵衛が与力と同心、捕り方を連れて現れた。

「お奉行は元造を捕らえるなということだ」

与力の倉田甚四郎が命ずるように言う。

「逃がせということですか？」

「そうだ。年寄り一人、知らぬふりで見逃せということだ」

「わかりました。では。踏み込みます！」

「よし！」

六之助が百姓家の引き戸を蹴破って中に飛び込んだ。

「灯かりを消せッ！」

「火を消せッ！」

囲炉裏端に四人が座っていた。囲炉裏の火に鉄瓶がひっくり返って、濛々《もうもう》と灰《はい》神楽《かぐら》が舞うと同時に灯かりが消えた。

「殺すなッ、捕らえろ！」

この時、元造は臭い厠《かわや》に隠れた。六之助は元造が逃げたのをわかっていた。

炉端の四人は屋内で二人、外に飛び出したところを二人が捕まって後ろ手に縛り上げられた。

「引き上げるぞッ！」

六之助が元造に聞こえるよう大声で叫んだ。雪之丞が四人を捕らえたことを知らせるため板橋宿に走った。

引き上げはサッと速かった。

四半刻（約三〇分）もすると誰もいなくなった。元造は厠から出ると、暗闇の中で銭と着替えの着物を持って百姓家を出た。

それを六之助が見ていた。

元造が向かったのは直助の商人宿だった。

その元造は七郎のことは知っているが、直助の養子になったことや白雀のお市の古傷で揉《も》めていることなどは全く知らなかった。

盗人宿に逃げ込んだ白雀の配下三人は、何があったのかを秘密にして何も喋らなかった。

いつも三人だけでこそこそ小声で話をする。元造が近寄ると明らかに聞かれまいと話を止《や》めた。

元造は嫌な奴らだと思っていた。

「直さん……」

「おう、元造さん、こんな夜にどうしなすった？」

「手入れだ。奉行所の役人に追われている。行くところがないんだ。匿《かくま》ってもらいてえ！」

「わかった。ここじゃ危ない。行こう。いい隠れ家がある」

二人は急いで商人宿を出た。直助は元造に七郎とお繁を見せたくない。

第十二章　熊《ゆう》胆《たん》

白雀の一味はすべて捕縛《ほばく》された。

巣鴨村の盗人宿で捕縛された四人の中に、白雀の一味ではない男がいた。六之助が見ている前で百姓家に入った男だ。

「どうだ。白状したか？」

「駄目です。思った以上に強情な男で……」

半左衛門と秋本彦三郎の二人で責めたのだが、男は名前すら吐《は》かなかった。

「そうか、そんなにしぶといならあれしかなかろう」

「はい、よろしいでしょうか？」

「死なぬようにだ」

「はッ、承知いたしました」

駿河問《するがもん》状《じょう》の許可が出た。この拷問《ごうもん》だけはあまりにも危険なため、勘兵衛の許可がないとできないことになっている。

「ところで、白雀一味の方はどうだ？」

「巣鴨村で捕らえた三人はすぐにも調べられますが、他の者は怪我《けが》が治るまでは無理かと思います。あの三人を一度責めてみたいと思っていますが？」

「そうだな。あまり延び延びにはできないからやるか？」

勘兵衛は白雀一味の調べも許した。

その夕刻、久しぶりに強情な男の駿河問状が始まった。

「おい、出ろ！」

「チッ……」

男は運悪く捕り物に巻き込まれたと思ってひねくれている。

「これから拷問だ。覚悟しておけ……」

「ふん……」

「いい度胸だな。だが、この拷問は相当にきついぞ」

この頃の拷問は水責め、塩責め、女には木馬責めなどがあったが、駿河問状は特別に過酷だった。後には笞打《むちうち》、石抱き、海老《えび》責め、釣責《つるしぜ》めの四つが追加されるが釣責めは駿河問状に似ていた。

笞打、石抱きは頻繁《ひんぱん》に行われ、ほとんどの悪党が白状した。海老責め、釣責めまでいくのは珍《めずら》しかった。拷問は古代からあったという。

男はうつぶせにされ、両手両足を背中でまとめて縛られ、グイッ、グイッと三尺（約九〇センチ）あまり吊るされる。

「ギャーッ！」

凄まじい悲鳴が牢《ろう》内に響く。男は愚《おろ》かにも踏ん張って白状しない。

「石を一つ乗せろ！」

「ンギャーッ、言うッ！」

「下ろせッ！」

すぐ石畳に腹ばいに下ろされた。だが、縄は解かれない。

「名前は？」

「梅吉《うめきち》……」

「どこから来た？」

「下野……」

「下野のどこだ？」

「宇都宮《うつのみや》だ」

「江戸に何をしに来た？」

梅吉が沈黙する。どういうべきか考える、したたかで強情な男だ。

「まて、待ってくれ！」

「吊るせッ！」

「何をしに来た！」

「生薬《きぐすり》を買いに来た」

「吊るせッ！」

明らかに嘘だとわかることをこの期に及んでいう。

「待てッ！」

「うるさいッ、吊るせッ！」

「助けてくれッ！」

「容赦なく吊るせッ、縄を引っ張れッ！」

秋本彦三郎が怒って命令する。なめられてたまるかという怒りだ。

「石を乗せろッ！」

「待てッ、助けてくれッ！」

「もう一つ、石を乗せろッ！」

「言う、言うから下ろせッ、下ろしてくれッ！」

「そのままで言え、石をもう一つ乗せろッ！」

「盗みに入るために来た！」

「うぬの頭は誰だッ、もう一つ石を乗せろッ！」

「待てッ、又鬼《また ぎ》の竜蔵《りゅうぞう》だ……」

「下ろせ……」

梅吉が気を失ったようにぐったりしている。

「縄を解いて水をかけてやれ！」

ようやく地獄の駿河問状が終わった。石を三つ乗せた男は初めてだ。

「落ちたな」

半左衛門が腕を組んで駿河問状を見ていた。

「又鬼の竜蔵とは聞いたことがないが、下野の宇都宮にいるということだろうか？」

「そうだと思います」

「宇都宮か……」

梅吉が息を吹き返して牢に引きずられ戻ったのを確かめ、半左衛門と彦三郎が勘兵衛の部屋に向かった。

半左衛門が報告すると勘兵衛は宇都宮と聞いて考え込んだ。

宇都宮城には奥平家昌《おくだいらいえまさ》という十万石の大名が入っている。奥平家は今川《いまがわ》家の家臣だったが、桶狭間《おけはざま》で義元《よしもと》が死ぬと甲斐の武田信玄《たけだしんげん》の傘下に入った。

家康が誘っても色よい返事がなく、家康が信長に相談すると奥平家に家康の長女亀姫《かめひめ》を嫁がせるように言われた。

そこで家康は亀姫を奥平信昌《のぶまさ》に嫁がせる。生まれたのが家昌で関ケ原の後に二十五歳で宇都宮城十万石を与えられた。

家康の孫だ。

その城下にいるかもしれない盗賊だ。

「その梅吉にじっくり吐かせることだな。又鬼の竜蔵は、まだ江戸には入っていないのだろう」

「はい、おそらく梅吉は江戸に足場を探しに来たのだと思います」

近頃、冴《さ》えている半左衛門の勘だ。

「梅吉が帰らなければ、捕まったと竜蔵が知ることになるな。それからどう出てくるかだ」

「それまでに竜蔵とはどんな男か調べ上げます」

「そうしてくれ……」

「梅吉も次からは手古摺《てこず》らせないでしょうから」

彦三郎は一度駿河問状をされると悪党でも怯えるのを見てきた。

「お奉行、又鬼というのは出羽《でわ》や越後の猟師のことでは？」

半左衛門が聞いた。

「うむ、今、それを考えていたのだ。又鬼は熊を捕る名人だ。熊《くま》の胆《い》は熊胆《ゆうたん》といって一匁《もんめ》が金一匁だという」

「ずいぶん高価なもので？」

「梅吉の持ち物を調べてみろ、おもしろい物が出てくるかもしれないぞ」

「熊の胆？」

「生薬を買いに来たと言ったのは逆で熊の胆を売りに来た。つまり竜蔵の狙いは大きな生薬屋だとは言えないか？」

「梅吉は狙う生薬屋を探しに来た？」

サッと座を立った秋本彦三郎が牢に入っている者たちの荷物を調べに走った。

梅吉と書かれたばかりの名札の荷物を調べると、紙に包まれ、柿渋紙《かきしぶがみ》に包まれ、油紙に包まれその上革袋に入った熊の胆四つが見つかった。

梅吉が大切に持って来たことがわかる。早速それを彦三郎が勘兵衛に差し出した。


「ほう、やはりあったか?」

「ずいぶん厳重に包まれておりました」

「どれ、どれ、半左衛門、それを出してみろ……」

「はッ!」

彦三郎が包み直した油紙と柿渋紙を開いた。最後の白い紙を開く。

「触るな、触るな……」

喜与も珍しいものを見るように覗《のぞ》き込んだ。四人が首を伸ばして覗き込んでいる。

「一つ三十匁くらいか?」

「はい、以前に見た熊の胆より大きく立派です」

「一つ六両として、この熊胆四つで二十四両だな」

「こんな物が小判二十四枚?」

喜与が驚いた。

「喜与、その簪《かんざし》をかせ……」

勘兵衛が若い頃に買って喜与に与えた小さなサンゴのついた簪だ。喜与には宝物だ。

「この簪には髪油が……」

「構わぬ。それに盃《さかずき》と湯をくれ……」

喜与が立って行くと簪の先端を、煙草盆の火で炙《あぶ》って、髪油を懐紙《かいし》で拭《ふ》き取った。そこに盃と湯を載せた膳《ぜん》を持ったお幸を連れて喜与が戻ってきた。

「そこに置いて、盃に湯を半分ほど注《そそ》げ……」

勘兵衛は簪の先端を熊の胆に差して、小指の爪先ほどわずかに掻《か》きとって、盃の湯に溶かした。その黒い湯を少し口に入れた。

「クーッ……」

顔を歪《ゆが》めた。

「美味い！」

そう言って盃を喜与に下げ渡した。それを恐る恐る口にした喜与が、ひっくり返りそうになって盃をお幸に渡した。

「あのう……」

「それをなめてから盃をこちらに頂戴したい」

半左衛門が催促した。

お幸は黒い湯を少し口に含んだが、盃を半左衛門に渡して部屋から飛び出して行った。苦いなんていうものではない。

半左衛門が飲んで彦三郎に渡した。

「飲み込め……」

勘兵衛が命じるように言った。

「腹わたがねじれます」

「カーッ、これは効く！」

喜与が目を押さえて泣きそうだ。猛烈《もうれつ》に苦い。口のすべての味が吹き飛んでしまいそうだ。

「これは胃痛、胸やけには効きそうだな」

勘兵衛が暢気《のんき》なことを言い、箸を懐紙で拭いて喜与に返した。

「この苦さがいいのよ」

「苦いとは聞いておりましたが、これほどとは思いませんでした」

こういうものが古くから薬とされてきたことは、この強烈な苦さによってなるほどと納得できるからだ。

勘兵衛はこの熊の胆を胃痛持ちの老中に進上することにした。

数日後、梅吉の取り調べは吟味方の秋本彦三郎が受け持って進められた。

あの地獄の駿河問状以来、彦三郎を見ると梅吉は怯えて、牢屋の奥の暗がりにこそこそと後ずさりして逃げるようになった。

「梅吉、出ろ！」

牢番が名を呼ぶと、きょろきょろと落ち着かない素振りで彦三郎を探す。彦三郎がいると牢屋から出たがらない。

「梅吉、言うことを聞かないとまた吊るすぞ！」

牢番に叱られてのこのこと這《は》い出てくる。それを白雀の一味が怯えながら見ている。いずれ自分たちも同じようなことをされると思う。

そこがまた、彦三郎の狙いでもあった。

梅吉のようになりたくなければ、神妙に白状してしまえという彦三郎の無言の脅《おど》しだ。既に駆け引きが始まっている。

牢屋から出された梅吉は完全に落ちた状態で、何んでも聞かれたことに素直に応えてしまう。

「石を三つも乗せたのはお前が初めてだ。今度は、五つぐらいまではいけそうだな梅吉？」

首を振り怯えて後ずさりする。

「そう怯えるな。ところで竜蔵のことだが宇都宮にいるのか？」

梅吉がうなずく。

「子分は何人いる？」

「七人……」

「その中に、一目でわかる傷痕や黒子《ほくろ》などのある者はいるか？」

梅吉が首を振る。

「竜蔵は幾つだ？」

「五十三……」

「お前の荷物に熊の胆が四つ入っていたが、あれをどこで売るつもりだった？」

熊の胆の話になると梅吉の顔が曇《くも》った。

「決まっていねえ……」

「盗みに入るところを探していたのだな？」

「ああ……」

彦三郎の尋問《じんもん》を同心が二人、三人と集まってきて見ている。

「素直でなかなかいいぞ。盗みに入るところをどのようにして選ぶ？」

「大店《おおだな》……」

「それだけなら熊の胆を売りに行くことはないだろう。梅吉？」

何を言いたいのだというように梅吉が彦三郎を見る。

「わしも二度目の駿河問状はしたくない。したこともない。やられるお前も苦しいだろうが、やる方のわしもよろこんでしているわけではない。わしには苦しんでいる者を見てよろこぶ癖はない。わかるな。わしを怒らせるな！」

「買い叩く店だ」

「ほう、熊の胆を安く買い叩く店を狙うのか、なるほどな、ケチは銭を貯《た》めているか、それで大店なら盗みに入っても外れはないということだな」

盗人は盗人らしいことを考えるものだと感心する。

「これまでに一番大きな仕事は？」

「五百二十両……」

「それはどこの店だ？」

「宇都宮……」

「竜蔵はどこにいる？」

梅吉が彦三郎をにらんで沈黙した。

「どこにいると聞いている。答えろ！」

「宇都宮……」

「それはわかった。宇都宮のどこだ？」

最後の抵抗を梅吉が見せた。

「そればかりは……」

「梅吉、江戸の北町奉行所を甘く見るな。うぬらが何人殺したか知らないが、ここから処刑場に向かった者は数えきれないのだぞ。もう観念しろ！」

「宇都宮の……」

梅吉が言いよどんだ。それを彦三郎がにらむ。

「八幡山《はちまんやま》の裾、庭に杉の木と柿の木のある百姓家だ」

「そうか、わかった。よく白状した。今日はここまでにしよう。梅吉を牢に戻しておけ……」

秋本彦三郎が急に尋問を止めた。

梅吉の口から何度も宇都宮の名が出て、又鬼の一味が宇都宮城下にいることがはっきりわかった。だが、江戸の町奉行所が簡単に手を出せるところではない。大御所さまの孫が城主なのだ。

彦三郎は梅吉の尋問を一旦中止し、勘兵衛と相談してこの先の尋問をどうするか決めようと判断した。

迂闊《うかつ》に梅吉が死んだりすると厄介なことになりそうだ。

勘兵衛が下城してくるのを待って彦三郎は奉行の部屋に向かった。着替えが済んで銀煙管の煙草に火をつけて一服している。

「梅吉の尋問はどうだ？」

「神妙に白状しておりますが、お奉行、梅吉の口からようやく宇都宮の八幡山の名が出ました。又鬼一味は宇都宮城下に巣を作って城下を荒らしていると思われます」

「うむ、わしもそれを考えていたところだ。八幡山か？」

「尋問を中断しました。一味が江戸に出てくる前に、宇都宮で叩き潰《つぶ》すのが望ましいと思うのですが？」

「奥平家に知らせるか？」

勘兵衛はどう対処すべきか考えている。出過ぎたことはしたくないが、かといって江戸を荒らされるようなことは阻止したい。

「わかった。やはり老中に相談してみよう」

宇都宮十万石の奥平家は、大御所の孫だということが頭を横切る。

大御所家康から抜擢《ばってき》された町奉行といえども、絶対に無礼があってはならない。難しいところだ。

勘兵衛は奥平家のことをほとんど知らない。奥平家昌という大名とは会ったことも話したこともなかった。

大御所さまの長女で、将軍さまの姉上が産んだ子ということしか知らない。病気がちな人だとはどこかで聞いたことがある。

これまで梅吉を尋問した内容を書類にするよう、秋本彦三郎と書き役の岡本作左衛門に命じた。

翌日、登城した勘兵衛は老中の成瀬正成《なるせまさなり》と安藤直次に面会、梅吉の書類を差し出して奥平家への紹介を願い出た。

老中にとっても難しく将軍の裁断が必要かもしれない内容だ。場合によっては家康にまでお伺いを立てることにもなりかねない案件だ。

「宇都宮の奥平さまか？」

「はッ、奥平さまにご紹介いただければ有難く存じます」

「この梅吉という男を引き渡してもいいのか？」

「結構でございます。又鬼の一味に江戸へ入られては厄介にございますれば、その前に捕まえるのが良いと考えましてございます」

「そうだな。江戸に入られては困る。ところで、竜蔵一味が宇都宮城下にいることは間違いないか？」

「はい、間違いございません」

勘兵衛は自信を持って答えた。梅吉の白状に間違いはないと思う。それは駿河問状を信じるからだ。

「相分かった。まずは将軍さまのお考えをお聞きしてみる。すべてはそれからだ。早いほうがいいだろう？」

「はッ！」

その日は書類を置いて下城した。

老中からの返事を待つ間、牢屋の梅吉の尋問は行われなかった。

書類を差し出してから五日が過ぎて勘兵衛が登城すると、安藤直次がニコニコと笑顔で現れた。

「勘兵衛、うまくいったぞ！」

「はッ、将軍さまからお許しが？」

「違う、違う。又鬼の竜蔵一味が一人残らず捕縛された！」

「ええッ！」

　滅多なことでは驚かない勘兵衛が仰天《ぎょうてん》した。

「さっき知らせがあった」

「奥平さまが？」

「うむ、将軍さまがすぐ捕らえるようにと仰せられて、すぐ奥平家に伝えられたのだ。宇都宮に早馬が飛んで一味ことごとくが捕縛されたわ」

「それは有り難いことでございます」

「将軍さまが、おぬしの持っている熊胆を差し出せとの仰せだぞ」

「盗賊のものですが？」

「だからおもしろいというのだ。奴らが売りに来るような熊胆であれば、間違いなく質が良いはずだと仰せでな」

「確かに、試しましたが口がひん曲がるほど苦いですが？」

「それがいいのだ。実はな、ここだけの話だが、御台所《みだいどころ》さまが胃痛持ちでな。

苦ければ苦いほど効《き》き目があるというではないか、そういうことなのだ。そこをそなたもわかるだろうが？」

「畏まりました。明日、献上いたしまする」

「頼む……」

安藤直次がいう御台所とは、大阪城の茶々《ちゃちゃ》の妹お江《ごう》である。

将軍秀忠は十二歳の時、織田信雄《のぶかつ》の娘小姫《おひめ》六歳と結婚した。だが、小姫はすぐ死去したため、秀吉はお江を秀忠の継室《けいしつ》に嫁がせたのだ。

御台所とは将軍の正室を言う。

第十三章　十六神将

慶長十三年（一六〇八）の年が明けた。その日は朝から雪が降った。

北町奉行所は白雀の事件と、思いがけない又鬼の事件が解決して、抱えている事件がなく静かな正月を迎えた。

そんな奉行所に、鬼屋の一行が挨拶に来た。

奉行所の面々がひっくり返りそうになったのがお滝だった。まだないないづくしの江戸では考えられない美々《びび》しい衣装で現れた。

京の有名な呉服屋で、徳川家の衣装を一手に扱っている茶屋四郎次郎《ちゃやしろうじろう》にでもあつらえなければ、とても手に入らない上等な着物だ。

公家《くげ》の姫さまかどこぞの大名の姫さまか実に美人である。

いつもは鬼屋の若い衆と同じお仕着せを着て、尻が出そうなほど裾をたくし上げて、どこへでもすっ飛んで歩く鬼屋の鬼姫が、どういうことだと思う恰好《かっこう》で現れた。

「お滝だな？」

「そうだよ」

「どうしたんだ？」

「正月だから、いいでしょう」

天下の北町奉行に横柄《おうへい》な口を利き、着飾ってもすぐお里がわかってしまう。だが、そんなことは気にしない。おおらかでお滝のいいところだ。

「そのまま嫁に行けるな？」

「いいよ」

「文左衛門か？」

「どうして知っているの？」

そんなこと、もう知らない者はいないと苦笑する勘兵衛だ。

鬼屋長五郎も一人娘のお滝には甘い。

既に彦野文左衛門とお滝の逢引《あいび》きを何度も目撃していて、武家に嫁がせるのは心配なのだが、好き合っている二人の仲を裂《さ》くような野暮《やぼ》なことはしたくない。

お滝に言われるまま花嫁道具も粗方《あらかた》買い揃《そろ》えている。

それも半端な量ではない。

どこの大名家かと思うほどで荷車に何台もありそうなのだ。

「そんなに買っても、あんな小っちゃな長屋に入るわけねえだろう！」

兄の万蔵があきれ返っている。

「それなら、これ全部入る大きな長屋を建ててよ」

「どこにだ？」

「奉行所だよ」

「あんな狭いところに建てられるわけがないだろ、馬鹿だな」

「それなら隣の屋敷を買って広くすればいい」

「はあ？」

「広げればいいっていうの！」

「お前な、呉服橋御門内のお奉行所は、将軍さまからお借りしている役所なんだぞ。みんな仮住まいしているんだ。勝手ができるか！」

「そうなんだ。じゃあ、文左衛門さまの家はどこにあるのよ？」

「知るか、お奉行さまの領地じゃないのか？」

「どこよ？」

「そんなことおれが知るわけないだろう」

「調べてよ。嫁に行くんだからさ……」

「もらってくれるのか？」

「当たり前だ。だから道具を揃えたんじゃないか！」

お滝はもう文左衛門と一緒になる約束をしている。

「お前な。今さら言いたくないが、武家に嫁いでちゃんとやっていけるのか、何もできないんだから、彦野さまが飢死《うえじに》するぞ！」

「そうなんだよな。そこが問題でさ、どうすればいいと思う？」

何《な》んとも能天気な兄妹なのだ。

勘兵衛の前に好き同士が並んで座っている。

「文左衛門、お滝を嫁にするんだな？」

「はい！」

お滝が無邪気にニッと笑う。

「長五郎、行儀見習いのため、お城に上げてみるか？」

「はあ……」

「お城って、あの江戸城かい？」

「そうだ」

「嫌だよ。意地悪なんだから……」

お滝が勘兵衛に抵抗する。

「嫌だと言っても武家には武家の決まりがある。長五郎、お滝をわしの家老林《はやし》田郁右衛門《だいくえもん》の養女にしてから、文左衛門に嫁がせるというのはどうだ？」

「はい、お奉行さまのお申しつけのままにいたします」

「よし、文左衛門、お滝を印旛沼《いんばぬま》の両親に見せて、こんなじゃじゃ馬娘でもいいか聞いて来い。許しが出たらその足で郁右衛門に会ってこの話をしろ。お滝を半年、郁右衛門の爺《じい》さんに預けて来い」

「はい、畏《かしこ》まりました」

「畏まりましたって、あたしを印旛沼に置いて来るつもりなの？」

「お滝、文左衛門の両親に気に入られるのだぞ。文左衛門の父親は印旛沼当たりで一番の頑固者だからな。無事に帰って来いよ」

お滝がぎょっとした目で勘兵衛をにらみ、心細げに文左衛門を見るが無言で渋い顔だ。万蔵がこれはおもしろいというようにニッと笑った。

長五郎は勘兵衛の脅《おど》しだろうとわかっている。

正月からめでたい話が決まって奉行所も鬼屋もおめでとうございますなのだが、お滝が急に落ち着かなくなった。

なんだかおめでたくない。半年も印旛沼に置き去りにされる。

その上、文左衛門の怖い両親と会う。それも家老という人に半年も預けられる。そんなことってあるかと思うが、武家は町場とは仕来たりが違う。

「文左衛門、すぐ印旛沼に発《た》て！」

「ちょっと……」

お滝が抵抗しようとする。

「お滝、もたもたしてんじゃねえよ。いつまでも寝正月じゃねえからな！」

万蔵がお滝を叱るように言った。

「文左衛門、お滝を預けたらすぐ戻ってこい。半年などすぐだ」

「承知いたしました」

「半年って長いんだから……」

「お滝、ありがてえじゃないか、お武家さまに嫁ぐための修行をさせてくださるんだ。半年ぐらい神妙に修行をしてこいよ。お前のためだ」

「そうだけど、一緒に行ってくれる？」

「何んでおれが。彦野の旦那がいるじゃねえか？」

「そうだ。万蔵はいいことを言う。ところで万蔵、お前の嫁はどうなってい
る？」

「お奉行さま、それは心配ございません。嫁になりてえのが四、五人おりますん
で、いい女ばかりです」

「白粉《おしろい》くさいのでしょ？」

お滝がやり返した。

「まあな……」

そんなやり取りを長五郎が黙って聞いている。

賑《にぎ》やかな鬼屋一行が帰って行くと、珍しいことに塩問屋の上総屋島右衛門と番
頭にお松が現れた。

「お奉行さま、ご無沙汰をいたしております」

「おう、上総屋……」

「明けましておめでとうございます」

「おめでとう、まずは一献《いっこん》……」

「頂戴いたします」

大繁盛の上総屋の話は六之助から聞いている。

「お松は元気そうだな？」

「はい、お陰さまで毎日楽しく働かせていただいております」

「そうか、何よりだ。うれしそうだな？」

「はい……」

「上総屋、いい話か？」

「はい、そうでございます。それで、お許しをいただきに上がりました。実は、塩浜の塩作り行徳屋の旦那が、息子の嫁にお松をほしいと申し込んでまいりまして……」

「ほう、それはいい話ではないか、行徳の塩作りか？」

「はい、お松、お許しをいただいたぞ」

「お奉行さま、ありがとうございます」

「うむ、嫁に行けば楽しいこともつらいこともあるが、辛抱《しんぼう》してみんなに可愛《かわい》がってもらえ、いいな？」

「はい！」

「三、四十人ほど人を使って大きな塩田をやっておりますので、苦労するかとは思いますが、お松なら心配ないと思いまして……」

「いい話だ。ところで、お松はその若旦那を知っているのか？」

「一度だけ……」

「お奉行さま、このお話は塩浜の若旦那の一目ぼれでございます」

もじもじしているお松に代わって番頭が返事した。

「そうか、それはいいな。その若旦那は人を見る目がある。末永く可愛がってもらえ……」

「はい！」

「上総屋から出す花嫁でございますので、お松の支度をさせていただきます」

「うむ、相分かった」

「行徳屋の塩はみな買い上げておりますので、上総屋と同じようなものでございます。江戸とも近いのでなにかと目が届きます」

「そうだな。江戸に近いのはいいことだ。偶《たま》には奉行所にも顔を出しなさい」

「はい！」

お松は不安もあるがうれしさの方がはるかに大きかった。

「ところで上総屋、江戸の塩は足りているか？」

「はい、不足することはないと思います。値も落ち着いておりますので、値上がりの心配はないと考えております」

「なるほど、米と塩がないと困るからな」

塩は米に次いで大切なものだ。

どこの大名も塩を手に入れるため苦労している。自分の領地の海で塩を作ろうとしている大名が少なくなかった。それほど塩は大切だ。

その塩作りにお松が嫁に行くとは考えていなかったことで、勘兵衛にはお滝の嫁入りよりうれしい話だった。

見ず知らずの大店《おおだな》へ奉公に出て、取引先に見初められて嫁に行くとは実にうれしい。

このことは、すぐ黒川六之助が不忍の直助に伝えた。

「黒川さま、本当でございますかッ？」

直助とお繁が信じられない顔だ。怪我《けが》が少し良くなってきた七郎も驚いている。直助は涙をためて「ありがてえ、ありがてえ……」と手を合わせる。

「水戸の湛兵衛《たんべえ》に知らせてやれ、よろこぶだろうからな？」

「よろこぶなんてもんじゃねえですよ、黒川の旦那、あの親父《おやじ》の心の臓が止まるんじゃねえですかねえ……」

大袈裟《おおげさ》に言って直助は歯のない口を開けて、フフッと空気が漏《も》れるように笑った。六之助は直助がこんなにうれしそうに笑ったのを初めて見た。

「親父さん、水戸に行ってきなせい。あっしはもう大丈夫だから……」

「そうかい……」

七郎が寝床から直助を見て言った。

直助は巣鴨村の盗人宿の主人元造を、水戸に連れて行って湛兵衛に預けたのだ。

元造は奉行所に追われていると思っているから、水戸でおとなしくしてそれから江戸に出てくるのを考えている。

だが、もう年でそう易々《やすやす》と出てこられるかだ。

「七郎、災難だったが古傷だ。仕方なかろう」

「へい、お繁のお陰で腹の方は助かりました。腕一本なくしましたが、もう一本ありますんで充分です」

七郎の命を救った角帯は、あの事件の数日前、お繁が浅草にお参りに行った帰りに「いい角帯だねえ……」と、古着屋の軒《のき》から引っ張って買ったものだった。

あの角帯が白雀のお市の匕首《あいくち》を止めていなければ、七郎は生きていなかったと思える。それをお繁のお陰でと七郎は口にしたのだ。

「厄落としをしたんだ。これからいいことがあるよ。親父、水戸に行くなら寒いから気をつけて行くんだぜ！」

「そうします」

直助は七郎が助かったしお松が玉の輿《こし》で上機嫌だ。その直助は翌朝、暗いうちに商人宿《あきんどやど》を出て水戸に向かった。

その日、勘兵衛は駿府城の家康に呼び出された。事件はなかったが勘兵衛には忙しい正月になった。

「宇三郎、馬の支度だ！」

「お奉行、それがしもお供を？」

「お滝と印旛沼に行くのではないのか？」

「日延《ひの》べにします！」

「よし！」

勘兵衛は、馬で駿府城まで走って、家康に会ったらすぐ戻ってくるつもりだ。いつ事件が起きるかしれないからだ。

「雪之丞、鬼屋に走ってお滝に駿府から帰るまで待つように伝えてくれ！」

「承知！」

駿府城に走るのは勘兵衛、宇三郎、藤九郎、文左衛門、青田孫四郎、倉田甚四郎、柘植久左衛門、中村忠吾の内与力と与力と決めた。

忙しい北町奉行に格式通りの行列をしている暇はない。

「半左衛門、行ってくる」

「お気をつけて！」

奉行所を長野半左衛門に任せて真夜中に北町奉行所を出た一行は、東海道を一路西に向かった。

八騎は夜の東海道を駆け抜ける。

夜明けには戸塚《とつか》の近くまで来ていた。時々馬を休ませながら小田原まで走らせる。馬を二十里も走らせるのは難しい馬術だ。馬の調子を見ながら休み休みで無理はできない。

まだ日はだいぶ高かった。

「お奉行、箱根山まで登れませんか？」

「箱根八里の半分か、これから山登りの四里（約一六キロ）は疲れている馬にはつらいだろうよ」

「はい……」

若い中村忠吾が勘兵衛に叱られた。

「早く休んで夜に出立する」

「畏まりました」

人が休む前にまず馬の世話が第一だ。馬に飼葉《かいば》をやり水を飲ませる。馬が動かなくなればお手上げなのだ。

一行は早めの夕餉《ゆうげ》を取ると寝てしまった。

夜半に旅籠《はたご》を出た一行は暗いうちに箱根山を越えて駿府城下に向かった。

大御所の家康は駿府城にいて京、大阪、西国、九州をにらんでいるが、その駿府城が焼け落ちて再建に取り掛かっている。

勘兵衛一行が伯父の米津常春《つねはる》の屋敷に着いたのは夕刻だった。

「おう、勘兵衛……」

「伯父上、お元気そうで？」

「うむ、そう元気でもないのだ。この正月で八十五だぞ」

「八十五ですか、七十ぐらいにしか見えませんが？」

「そうか……」

徳川十六神将の一人である小大夫《こだゆう》常春は家康の父松平広忠《まつだいらひろただ》の譜代《ふだい》の家臣だった。

織田家の城だった安祥城《あんじょう》の城主信長の兄織田信広《のぶひろ》を捕らえるなど大活躍、桶狭間の戦いでは弟で勘兵衛の父である政信《まさのぶ》と家康の家臣として丸根砦《まるねとりで》を攻撃した。

そんな大豪傑《ごうけつ》の常春も高齢になっていた。

常春の後継は正勝《まさかつ》である。

「大御所さまに呼ばれたか？」

「はい……」

「暮れにできたばかりの駿府城が燃えてしまってな、大御所さまは本多上野介《ほんだこうずけのすけ》の屋敷に身を寄せておられる」

「本多正純《まさずみ》さまの……」

「そうだ。本多の屋敷だ」

「宇三郎、到着を届け出てまいれ！」

「はい！」

宇三郎が本多家に向かった。

「叱られるのか？」

「いいえ、大御所さまに叱られるようなことはしておりません」

「そうか。本多佐渡《さど》には気をつけろ……」

「はい……」

「あの男は大久保忠隣《おおくぼただちか》をつぶそうとしておる。昔から質《たち》の良くない男でな。大御所さまに歯向かったこともある。親子で頭はいいが狡《ずる》いのだ。一族の平八郎《へいはちろう》は蛇蝎《だかつ》のように嫌っている。佐渡には気をつけろ……」

「わかりました」

この後、その常春の嫡男《ちゃくなん》米津正勝は本多正信に滅ぼされる。

「駿府に長居はするな。今の駿府は佐渡と上野介の天下だ。用が済んだらすぐ江戸に帰れ、いいな？」

「はい！」

「わしはもう酒はやらないが飲みたいか？」

「いいえ、酒はあまり飲みません」

「それはいい、女か？」

「喜与だけです」

「町奉行は忙しいそうだからな。喜与を大事にしろよ。あれはいい女だから……」

「はい……」

「勘兵衛、多くを望むな。知行《ちぎょう》は五千石だったな？」

「はい、五千石です」

「ちょうどいい。万石になると、あっちこっちに移封《いほう》されて落ち着かなくなる。譜代の家臣は大身旗本《たいしんはたもと》でいい、忘れるな」

常春の遺言のような言葉だった。

勘兵衛もそう思う。だが、勘兵衛の後継者田盛《ただもり》は一万石を加増され、一万五千石の大名になって、常春の言葉通りあっちこっちに移封されることになる。

本多屋敷から戻ってきた宇三郎は、明日の朝五つ、辰《たつ》の刻（午前七時〜九時頃）の面会だと伝えた。

第十四章　毛氈鞍覆《もうせんくらおおい》

夜が明けて、米津勘兵衛は庭に下りて早朝の富士山を見た。

「おう、富士の峰《みね》に月か……」

「お奉行、寒くございませんか？」

「宇三郎、冬の富士は凜《りん》として神さまの存在を感じるな」

「はい、真冬の富士は格別と聞いたことがございます。美しいお山です」

二人が並んで富士を見上げた。

「寒いな……」

部屋に戻ると忠吾が朝餉《あさげ》の膳《ぜん》を運んできた。

「大御所さまとの面会が済んだらすぐ江戸に戻る」

「はい、承知いたしました。そのように支度いたします」

「馬はどうだ。足を痛めていないな？」

「はい、今朝、飼葉をやった時に確かめました。異常はございません」

「帰りは少しゆっくりしよう」

「お奉行、箱根の湯はいかがでしょう?」

「忠吾は湯が好きか?」

「はい、一度箱根の湯を味わいたく存じます」

「そうか、考えておこう」

勘兵衛は朝餉を済ませると旅姿に改めた。常春の部屋で、大御所に会ってそのまま江戸に戻ると挨拶した。

十六神将は四年後の慶長十七年(一六一二)に八十九歳で死去する。

勘兵衛一行は、米津屋敷を出ると本多屋敷で家康と面会した。

「勘兵衛、もっと寄れ、少し耳が遠くなってな……」

「はッ!」

家康の近くまですり寄って行った。

「火事は江戸だけではないぞ……」

苦笑して家康が大きい目でじろりと見る。家康が言うように駿府城はこれ以後何度も燃えることになる。

「勘兵衛、宇都宮の家昌が世話になったな」

「恐れ多いお言葉にございまする！」

「よく知らせてくれたな。亀から褒めてやってくれと知らせがあった。家昌も喜んでいたそうだ」

「身に余るお言葉にございまする！」

亀とは家康と正室築山殿《つきやまどの》の間に生まれた長女の亀姫である。

「勘兵衛、余の毛氈鞍覆《もうせんくらおおい》をやろう」

「ははッ！」

勘兵衛が家康に平伏した。

毛氈鞍覆は足利《あしかが》将軍から守護や守護代が格式として下賜《かし》されたものだ。

源氏の大将から毛氈鞍覆を拝領することは大きな名誉だ。それには大名格という意味がある。

「ところで勘兵衛、将軍から熊胆《ゆうたん》がきたぞ。そなたの献上だというが盗賊のものだそうだな？」

「はい！」

「あれはいい、もうないのか？」

実は、家康も胃痛持ちだった。きりきりと痛むことがあった。

「大御所さま、あの熊胆は宇都宮の盗賊、又鬼の竜蔵の持ち物でございます」

「そうか、又鬼か?」

「はい、すべて将軍さまに献上いたしましたので、手元には残っておりません」

「家昌が持っているのだな?」

「又鬼の隠れ家に熊胆があれば、役人が押収しているものと思われます」

「うむ、そういうことなら家昌に問い合わせてみよう。勘兵衛、常春と会ってきたか?」

「はい、元気にしておりました」

「そうか、その旅姿はすぐ江戸に戻るのか?」

「はい!」

「事件を抱えているのか?」

「いいえ、江戸は将軍さまのご威光によりまして、静かな正月を迎えましてございます」

「結構だ。油断なくいたせ……」

「ははッ!」

家康が今川の人質だった頃にできた亀姫は、特別に可愛いのだと勘兵衛は思う。

「ところで勘兵衛、時蔵とはどんな男だ？」

「はッ、大御所さまのお耳に？」

「うむ、西国筋の盗賊だと聞いたが？」

「鎌倉まで追い詰めましたが、逃げられましてございます。申し訳ございません」

「正体はわからぬか？」

「はい……」

「平八郎が西国の武家だろうと言っておった。わしに戦を仕掛けているのだなどと言いおってな。平八郎の言う通りか？」

「本多さまは大御所さまにおもしろくお話をなさったかと存じまする」

「その時蔵という男が、わしの命を狙っていると、平八郎めがわしを脅していきおったわ」

家康がニッと子どもっぽく笑った。

「大御所さまのお命を狙うなど言語道断にございます」

「勘兵衛、わしにはまだやることがある。もうしばらく死ねない」

「はッ、ご心配をおかけしたる段、まことに申し訳なく存じまする！」

「気にするな。平八郎がわしを脅したのだ」

家康は平八郎と話して西国の滅んだ大名家の生き残りだろうと考えていた。

会見が終わって昼近くになっていた。

本多屋敷を出た一行は一気に沼津《ぬまづ》まで走った。暗くなってから旅籠に入った。

その翌日、一行は箱根の湯に泊まった。

その頃、直助は水戸の湛兵衛の家にいた。

湛兵衛と二人だけで近くの那珂川《なかがわ》の岸に出て話をした。

元造には聞かれたくない話だ。

湛兵衛も元造も直助が足を洗っているとは知っているが、北町奉行の米津勘兵衛と関係が近いとは知らない。

「そうか、お松がそんなにいいところへ嫁ぐのか！」

「一度会ってみるか？」

「いや、こんな薄汚い爺《じじい》の出て行くところではないよ」

「そうか……」

「もう、お松には会わねえ……」

「いいのかい？」

「うむ、北町のお奉行さまに差し上げたのだ。上総屋の旦那にも合わせる顔がないよ」

「そうだな、盗みに入ったんだからな、情けねえよ」

「因果応報、自業自得だよ、直さん……」

「嫁に行って幸せになってくれればいいか？」

「ああ、あの世の娘が喜んでくれるだろう。それだけでいい。大泥棒も最後はこんなところが相場だろうよ。鬼勘にも会ってひと言感謝したいが未練だな」

「会えばいいじゃねえか、隠居したんだし？」

「そうもいくまい、みっともねえよ。泥棒は黙って消えればいいのさ、死んだら知らせてやってくれ。頼むよ直さん……」

「うむ、どっちが先だか？」

二人の老人はもう死に急ぎたいのだ。今生《こんじょう》に未練はない。

「ところで元造はどうする？」

「邪魔かい？」

「いや、そういうことではないが、生まれたのが越後だそうで、帰りたいような口ぶりだった」

「それは知らなかった。もう、巣鴨村には帰れないからな」

「やはりそうか？」

「奉行所に狙われたら無理だ」

数日後、直助は江戸へ、元造は越後に旅立つことになる。

箱根の湯でゆっくりしたい勘兵衛一行が、おかしな武士と出会った。その男は藤九郎と倉田甚四郎が湯に行くとジロジロ見る。

「そなたら役人か？」

近づいてきていきなりそう聞いた。髭面《ひげづら》の男だが悪党には見えない。

「そう警戒するな。わしはむさ苦しいが悪人ではない。声をかけたのは二人とも相当いい腕のようだからだ。違うか？」

「おぬしは何者だ？」

「これは失礼、旧主は勘弁してもらいたい。それがしは膳所《ぜぜ》一之進《いちのしん》という浪人だ。わしの流儀は京の吉岡流《よしおかりゅう》だ」

「吉岡憲法《けんぽう》？」

「うむ、ご存じか？」

「名前だけです。それがしは青木藤九郎、神夢想流を少々……」

「居合ですな。なるほど……」

「それがしは倉田甚四郎、柳生新陰流を少し学びました」

「幕府のお役人か、柳生流は将軍家のお家流……」

　膳所一之進は髭面で幾つぐらいの男かよくわからない。剣は結構使いそうだ。京の吉岡流は初代憲法直元《なおもと》から足利将軍の剣術師範だった。

「試合を申し込んでも駄目でしょうな？」

「そのような腕ではございません」

「そう謙遜なさる方は実は強い。さほどできない者は大きく構えるものです。それがしのように……」

　一之進が子どもっぽくニッと笑った。

「東ですか、西ですか？」

「江戸にまいります」

「それがしも江戸にまいりますが、江戸では笠《かさ》をかぶれないそうですが本当ですか？」

「本当です」

「やはり、悪党を江戸に入れないため?」

「そうです」

「青木さまに倉田さま、失礼仕《つかまつ》った」

大汗をかいた一之進が湯から出て行った。何んとも豪放《ごうほう》な男のようだ。

「おもしろそうな男でしたが?」

「あの男は強いな」

「はい、そう思います」

二人の剣客は、見ず知らずの浪人を高く評価した。

男からはまったく殺気は感じられなかったが、素手のまま押してくる圧迫を感じた。剣士独特の踏み込みの気合のようなものだ。

油断すると一瞬で斬られる。

湯の中で斬られたのかもしれないと藤九郎は思う。

そのことを湯から出た二人は、一服している勘兵衛に話した。

「ほう、おもしろそうな男だ。膳所一之進か、吉岡流といえば今出川兵法所《いまでがわへいほうじょ》だな?」

「お会いになりますか？」

「いや、悪党でもなさそうだ。会うこともあるまい」

勘兵衛は、強行軍に少し疲れていて気力が萎《な》えていた。いつもならおもしろがって会うのだが、そんな気になれなかった。疲れている一行はすぐ寝てしまった。

翌朝、八騎は箱根山を一気に下って江戸に向かった。

この時、時蔵の弟左近が、お園と一旦京に戻るため平塚宿の旅籠を出立していた。

左近は十兵衛を保土ケ谷に残してきた。

既に、江戸での次の狙いは日本橋の呉服屋美濃屋宗助に決めて、お珠を下女として入れていた。雑司ケ谷村の鬼子母神の隠れ家は処分済みだった。

お園も江戸を引き払って、急遽《きゆうきよ》京に戻ることになり、左近が京に戻るのに同行していた。

その二人と江戸に向かう八騎が小田原の手前ですれ違った。

「左近さま、今の騎馬隊、北町奉行所の一行ですよ」

「北町？」

「先頭にいたのが北町奉行の米津勘兵衛、二番目にいたのが望月宇三郎です」

「お園は詳しいな？」

「左近さま、あの米津勘兵衛に伊織さまが追われたのです」

「鬼勘というそうだな？」

「はい、あの男に何人の盗賊が捕まったことか、あの男の張った網に引っかかると徹底的に追及されます」

「兄上も笠だったそうだな？」

左近は時蔵から、米津勘兵衛を警戒するよう聞いていた。

「伊織さまは、あの男に顔を見られてしまいました。奉行所の与力や同心にも見られてしまいました……」

「江戸に入るのは危険だな？」

「ええ、鎌倉で斬り合いになったと聞きました」

「やむなく役人一人を薄く斬ったと言っておられた」

その時蔵は九州から堺に戻り、しばらく堺にいたが大阪に出て今は京にいた。

京の東山高台寺の近くに小雪が於勝と暮らしている。

左近とお園もその京の東山に戻ろうとしていた。於勝を九州に帰すためお園が於勝の代わりに小雪の世話をすることになったのだ。

「なぜこんなところに北町奉行が？」

「おそらく駿府城の家康に正月の挨拶ではないでしょうか。わずか八騎の急ぎ旅のようでしたから、町奉行の登城の供揃えは二十五人から三十人です」

「お園は何んでも詳しいな？」

「恐れ入ります。毎日調べて歩きましたから覚えなくていいことまで……」

ニッとお園が照れ笑いをする。

「あの男が米津勘兵衛か？」

「家康が旗本八万騎から抜擢《ばってき》した初代北町奉行です」

「なるほどな。ところでお園、去年の暮れに駿府城が燃えたのは、大阪城の秀頼さまの間者《かんじゃ》が付火《つけび》したからだという噂《うわさ》があるそうだな？」

「はい、密《ひそ》かにささやかれております」

「真偽は？」

「おそらく、大阪と江戸の間に一戦あればいいと願っている者たちの流した噂ではないでしょうか？」

「そうか、それでお園はどう思うのだ？」

「大阪と江戸の戦いですか？」

「あると思うか？」

「家康次第ですが、このまま大阪と江戸に二分した形は嫌《いや》でしょうから、家康は大阪を潰《つぶ》しに行くでしょう。戦になるかはわかりません」

「大阪城の豊臣家、江戸城の徳川家と両家が立つのは無理なのだな？」

「そう思います」

二人は話をしながら東海道を京に上って行った。

保土ケ谷のお杉の百姓家には十兵衛がいる。日本橋の呉服屋美濃屋宗助に入り込んだお珠と連絡は取っていない。

白粉売りの万太が美濃屋の裏口に近づくぐらいだ。

美濃屋に賊《ぞく》として入るのはまだ先のことで、お珠が美濃屋の家族や奉公人など家の中を調べている最中だった。

北町奉行所に戻ってきた勘兵衛は、文左衛門にお滝を連れてすぐ印旛沼に向かうよう命じた。

お滝は覚悟を決めて文左衛門の両親と会い、林田郁右衛門の養女になって半年の武家修業をするつもりで意気込んでいたのだ。

ところがその出鼻を無残にもポキッと折られた。

怒りたいところだが、駿府の大御所さまの呼び出しと言われては如何《いかん》ともしがたい。

「おめえ少し首が伸びたな？」

口の悪い万蔵がお滝をからかうように言う。

「一人で行っちゃおうかしら、送って行ってくれる？」

「四、五日で彦野の旦那が戻ってくるよ」

「そうかしら……」

「そう意気込まない方がいいぜ、嫁に行くというのは長い話だからな」

「道具を荷車で持って行こうか？」

「馬鹿野郎、花嫁道具を印旛沼に持って行ってどうするんだ。半年分だけ持って行けばいい。嫁になれそうなら運んでやるよ」

「だって、奉行所の長屋には入らないんだよ。買い過ぎたから……」

「だから、言っただろうが、多すぎるってよ」

「うん……」

「半年分だけ用意しておけ！」

「はーい……」

やっちゃったという気分のお滝は、兄の万蔵に叱られても納得だ。

そんなお滝が支度万端を整えて待っているところに、馬を引いた文左衛門が現れた。

「来た、来た……」

お滝は今にも飛び出しそうだ。

「落ち着けッ！」

待ち焦《こ》がれているお滝を万蔵が抑える。

「彦野の旦那、早いお帰りで……」

「早くなんかないよ」

「うむ、駿府の大御所さまとお会いしてきただけだから……」

「ところで、鬼屋から誰か行かなくていいですかねえ？」

「顔を見せるだけだ……」

「そうですかい、その時は言っておくんなさい。どうにでもいたしますんで……」

「お滝、行くぞ！」

「はい！」

馬にお滝と荷物を載せて、文左衛門が轡《くつわ》を取った。二人は江戸から成田山新《なりたさんしん》勝寺《しょうじ》に向かう道を東に向かった。
十三、四里（約五二～五六キロ）ほど歩いて夜に酒々井《しすい》の米津陣屋に着いた。
「おう、文左衛門、ようやく来たか、待っていたぞ」

「ご家老、ご無沙汰しております」

「うむ、江戸の殿は元気か？」

「はい、先日、駿府の大御所さまから毛氈鞍覆を拝領いたしました」

「毛氈鞍覆とは大名の格式だな？」

「そうです。源氏《げんじ》の御大将の毛氈鞍覆ですから……」

「それだけ江戸町奉行は重職だということだ。ところで鬼屋のお滝はどうした？」

「はい……」

文左衛門の後ろに隠れていたお滝が亀のように首を出した。郁右衛門がむっとした顔でお滝をにらんだ。

「すみません」

「お前がお滝か？」

「はい……」

「前に出ろ！」

「はい！」

「文左衛門の嫁になるために来たのだな？」

「はい！」

「ならば結構、わしが米津家の家老林田郁右衛門だ。きちんと挨拶いたせ！」

「は、はい、怖いんだもの、殺しますか？」

「場合によってはな！」

「そんな、あのう、日本橋伝馬町の鬼屋長五郎の娘、お滝でございます。彦野文左衛門さまに嫁ぐため、ご家老さまと彦野さまのご両親さまにご挨拶にあがりました」

「できるではないか！」

「何度も練習しましたから……」

ニッとお滝が笑う。仏頂面の家老の顔が緩《ゆる》んだ。米津家の領地はこの家老によって治められているといえる。

「文左衛門、おもしろそうな娘だな?」

「恐れ入ります」

「軍大夫《ぐんだゆう》が驚くぞ!」

「はッ、たぶん、母も……」

軍大夫というのは文左衛門の父で、お滝のことは詳細に書いて伝えてあるが、聞くとみるとでは大違いなのが人だ。

人は噂より会ってみないとわからない。

「お滝、軍大夫が許したらわしのところに来い。殿から半年の修業だと聞いておる。いいな!」

「はい!」

「じゃじゃ馬娘だそうだな?」

「はい!」

文左衛門は郁右衛門がお滝を気に入ったとわかった。

陣屋の裏手に望月家や青木家、彦野家などが並んで小さな村を作っている。

「怖かったよ」

「ご家老か?」

「うん、いつもあんな顔しているの？」

「そうだな」

「鬼屋の鬼瓦《おにがわら》より怖いよ」

「あの人がいるからお奉行は江戸で仕事ができる。そういうことだ」

「なるほど、だけど、あの人の養女になるの？」

「嫌か？」

「嫌じゃないけど、怖いよう、斬られそうだもの……」

お滝が片目をつぶって文左衛門を見た。その片目が文左衛門を好きだと言っている。どこに行っても天真爛漫《らんまん》な鬼姫だ。

「ここだ！」

馬の気配を感じて彦野家の小者庄吉《しょうきち》が飛び出してきた。

「文左衛門さま！」

「おう、爺さん、元気そうだな？」

「お陰さまでピンピンしております。奥方さまで……」

「うむ、お滝だ」

「奥方さま、よく遠いところを、お疲れでしょう」

「うん、少しな……」

「はあ？」

「馬と荷物を頼む！」

庄吉がお滝に驚いている。昨日まで腰に鳶口《とびぐち》を差して走り回っていたのだから、にわかに武家の奥方にはなれない。

第十五章　清吉《せいきち》とお艶《つや》

文左衛門とお滝の愛が実を結ぶ時が来た。

酒々井《しすい》の文左衛門の家で、お滝は文左衛門の父彦野軍大夫と母のお結《ゆい》と会った。その場で卒倒《そっとう》しそうなほどお滝は緊張している。

玄関の敷台に座って草鞋《わらじ》を脱いでいると、文左衛門の年の離れた妹お夏《なつ》が顔を出した。

「兄上、姉上さま、お帰りなさいませ……」

「おう、元気か？」

「はい、姉上、こちらへどうぞ！」

「あのう、お滝です」

「はい、姉上さま、お江戸からわざわざ遠いところをご苦労さまでございます」

「いいえ……」

お夏は姉上と呼べる人ができてうれしかった。兄が江戸に行ってから、いつも一人で寂しい思いをしていた。

「只今《ただいま》、戻りました」

「ご苦労、江戸の殿はお元気か？」

「はい、忙しくしておられます。父上、約束のお滝を連れてまいりました」

「お滝でございます」

「うむ、軍大夫だ。母親のお結と妹のお夏だ」

「よろしくお願いいたします」

お滝は軍大夫の紹介に緊張して挨拶した。軍大夫は江戸の勘兵衛から二人のことは知らされている。

実は、鬼屋の鬼姫とはどんな娘かと夫婦で戦々恐々だったのだ。だが、その鬼姫を見て軍大夫とお結は勘兵衛が言ってきたほどではないと感じていた。

「ご家老に会ってきたか？」

「はい、先ほどご挨拶してまいりました」

「そうか、殿は、半年ご家老に預けて修行させるようにとのことだったが、それでいいのか？」

「はい、そのつもりです。そうだな？」

「その覚悟でまいりました。よろしくお願いいたします」

緊張していつものお滝ではなく、借りてきた猫、拾ってきた猫のようになっている。

「お結、ご家老にお任せしていいのではないか？」

「はい、結構です」

「良かった……」

お夏が胸を撫《な》で下ろすように言う。

「ありがとうございます」

お滝が軍大夫に礼を言った。それを見て文左衛門は「やればできるじゃないか……」と思う。だが、お滝は緊張して自分が何を言っているのかわかっていない。

愛する人の親に嫌われまいと必死なのだ。

何んとか最大の難関をお滝はうまく切り抜けたが、これから先の半年が長い。

間違いなく倒れると思う。

「お夏、休ませてやってくれ、頼む……」

「はい、姉上、あちらにまいりましょう」

お夏がお滝の手を引いて部屋から出て行った。

「殿から書状を頂戴している」

「はい、殿からお聞きしました」

「文左衛門、鬼屋の鬼姫というのはどういうことだい？」

「母上、お滝は三河の鬼瓦屋の娘ですから、殿がおもしろがって鬼屋の鬼姫というのです」

「鬼屋とは大きいらしいな？」

「三河から江戸まで、東海道筋で商売をしています」

「じゃじゃ馬だとも書いてあったが？」

「それは武家と違い町場で育ちましたから、少々言葉などが荒っぽいので殿が大袈裟に……」

「言葉が荒っぽい？」

「気になるほどではありません」

文左衛門はお滝を庇《かば》っている。

武家と町家の溝は決して浅くはない。だが、お滝なら飛び越えられると文左衛門は信じていた。

「何もできないとあったが？」

「母上、お滝は四百人も雇い人のいる大店の娘ですから、何もできないまま育ったということで、すぐ何んでもできるようになります。そのための半年ですから……」

「半年で大丈夫かい？」

「母上も教えてください」

「それはいいけど……」

不安そうなお結だが、軍大夫は二人が好き合っていればいいと暢気《のんき》に考えている。

お滝は奥で旅装を解いて荷物から上等な着物に着替えた。

「姉上、見たことのない着物ですけど京からですか？」

「そう、文左衛門さまに見ていただきたくて持ってきました」

「江戸にも呉服屋は多いでしょ？」

「ええ、今度一緒に着物を探しに行きましょう」

「江戸にですか？」

「奉行所の長屋に泊まれますよ」

「行きたいけど……」

お滝やお夏など若い娘の最大の興味は美しい着物だ。

荷造りの時にお滝は万蔵に注意され最も地味目の着物を持ってきたが、酒々井のような田舎ではそれでも派手になってしまう。

お滝の着物は一枚一枚が何十両もする高価なものだ。

「これ、後で着てみる？」

「いいの？」

「似合うといいけど……」

娘二人で着物談義を始めてしまう。

そんなお滝は早速、翌日には軍大夫と文左衛門と一緒に林田家老の家に行って預けられた。武家に嫁ぐための厳しい修行だ。

その翌日、文左衛門は暗いうちに出立、馬に乗って江戸に向かった。

この頃、江戸には色々な流派の道場ができ始めていた。乱世が終わったばかりで武術が盛んだった。

徳川将軍家の剣術師範は柳生新陰流の柳生宗矩《むねのり》と、小野派一刀流の小野忠明《ただあき》の二人がいた。柳生宗矩は石舟斎《せきしゆうさい》の子で、小野忠明は伊藤一刀斎《いとういつとうさい》の弟子だった。

二人とも強い剣客である。

この二人の剣客を頂点に、江戸には大小の道場ができていた。

武芸者といわれる浪人も少なくない。剣名を上げて大名家に仕官するのが狙《ねら》いだ。

そんな武芸者による道場荒らしなる商売が生まれた。

戦国期には戦場往来の剣技で、剣の流派というものはまだ成立していなかった。

わずかに平安《へいあん》末期に鬼一法眼《きいちほうげん》というものが、鞍馬山《くらまやま》で八人の僧に刀法を伝授し、それが剣術の源流といわれ京八流《きようはちりゆう》として残った。鞍馬流、念《ねん》流、中条《ちゆうじよう》流、京流《きよう》、吉岡《よしおか》流などである。

戦国末期には鹿島新当流の塚原卜伝《つかはらぼくでん》、新陰流の上泉伊勢守《かみいずみいせのかみ》、富田《とだ》流の富田勢《せい》源《げん》、その弟子巌流小次郎《がんりゆうこじろう》、神夢想流の林崎甚助《はやしざきじんすけ》、タイ捨《しや》流の丸目長恵《まるめながよし》、柳生新陰流の柳生石舟斎、宝蔵院《ほうぞういん》流槍術《そうじゆつ》の宝蔵院胤栄《いんえい》、一刀流の鐘捲自斎《かねまきじさい》、その弟子伊藤一刀斎などなど、綺羅星《きらほし》のごとく剣豪、剣客が生まれた。

江戸期に入ると、その流派は三百とも五百とも数えきれないほどの流派に派生して、泰平《たいへい》の世には太刀も豪刀ではなく、薄く細く軽いものが好まれるようになる。

戦いもなく道場の剣術に変貌《へんぼう》していくことになるが、江戸幕府ができてまだ五年の江戸にもそんな道場ができ始めた。

剣術、槍術、弓術、馬術、棒術、薙刀《なぎなた》術、十手《じって》術、鎖《くさり》術、縄術、柔術など武芸十八般とか武芸百般などというようになる。

やがて奉行所でも短棒術、柔術、十手術、鋇《もじり》術などが取り入れられるが、後に与力などは捕り物に参加しなくなり、同心が自前で岡っ引きとか、目明かしという捕り物協力者を使うようになるが、まだ先のことだ。

戦国末期には新免無二斎《しんめんむにさい》という名人が、当理流《とうり》という十手術を発展させた。宮本武蔵《みやもとむさし》の父親である。

十手術には鎖付き十手などという物もできてくる。

武芸者は師匠の技に工夫を凝《こ》らして、自分の流派を立てることがほとんどだった。

そんな剣豪たちの中で最も石高《こくだか》の多いのが、名人越後とか生摩利支天《いきまりしてん》と言われて恐れられる富田重政《とだしげまさ》である。

盲目《もうもく》の剣豪富田勢源の甥《おい》で、加賀前田家に仕官して一万三千六百七十石と大名並みの石高で召し抱えられた。

この後、大阪の陣で重政は馬上にあって、左手に蠟燭《ろうそく》を持ち右手に太刀を握り、敵陣に突撃して十九人の敵兵の首をとった伝説の剣豪である。蠟燭の火は終始消えなかったという。

その次が柳生宗矩であろう。

幕府の大目付《おおめつけ》に昇進、一万石を加増され大和《やまと》柳生の荘に柳生藩を立て、いろいろ加増され一万二千五百石を知行する。

柳生宗矩の最大の業績は、兵法家伝書《へいほうかでんしょ》を残したことであろう。この書は武蔵の五輪書《ごりんのしょ》と共に武道の二大巨書と言われ後世に伝わった。

そんな江戸に風変わりな道場破りが現れた。

この武芸者は猛烈に強かった。

「道場主に、一手ご指南いただきたいッ！」

大声で怒鳴って道場の玄関先に立つ。他流試合は禁止などというのは後の話で、この頃は積極的に武芸者を受け入れる荒々しさが好まれた。

そのかわり怪我をしても道場の責任ではないという考えだ。木刀での試合で真剣を抜くことはない。

「上がれッ！」

道場に上げて名や流派を聞いて、力量の下の者から立ち合うが、師範代ともなるとどこの道場でも相当に強い。

その師範代が敗れると道場主の番だが、試合を見ていて道場主に自信がない時は、武芸者を奥に呼んで三両、五両の草鞋銭《わらじせん》で引き取ってもらう。

違法ではないが、強請《ゆす》りたかりの類と思われて嫌われていた。

ところが、その武芸者は決して草鞋銭を受け取らない。

「いい稽古になりました」

何事もなかったように飄々《ひょうひょう》と立ち去るのだという。継ぎはぎの着物や袴《はかま》で、尾羽打《おはう》ち枯《か》らすとはまさにこの浪人のことだった。

「おもしろそうな剣客だな？」

勘兵衛が興味を持った。

「名は？」

「日比野《ひびの》一朗太《いちろうた》と名乗るそうです」

宇三郎もどれほどの腕なのか見てみたいと思う。

「歳《とし》は？」

「まだ若いのではということです」

「住まいはわかっているのか？」

「いいえ、どこかの古長屋にでもいるものと思われます」

それから半月ほど過ぎて、島田右衛門《しまだうえもん》が奥村玄蕃《おくむらげんば》という強い道場荒らしが現れたと言って奉行所に戻ってきた。

この奥村玄蕃も草鞋銭を受け取らないという。

「不思議なものが流行《はや》るようです」

島田右衛門は一朗太と玄蕃が同一人物だとは夢にも思わなかった。その奥村玄蕃を右衛門が見たのだ。道場荒らしをしている時に窓から覗《のぞ》き見したのだ。

玄蕃が道場から出てくるのを待って声をかけた。

「おぬし強いな？」

「やあ、それほどでも、相手が弱いだけです」

「近頃、有名な奥村玄蕃殿であろう？」

「いやあ恐縮、そんなにそれがしの名が有名ですか？」

困ったという顔だ。

「どちらにお住まいか？」

「神田の牡丹《ぼたん》長屋です」

「おう、これから春の牡丹が咲きますな？」

「はい、大家が牡丹を植えていまして名前はいいのですが……」

玄蕃が言いよどんだ。

「奉行所のお役人で？」

「島田右衛門と申す」

「島田さまにお聞きしたいが、青木藤九郎さまと倉田甚四郎さまという方をご存じか？」

「はい、それがしの上役ですが？」

奥村玄蕃は悪い人間には見えなかったので正直に答えた。何んで二人を知っているのかと思ったが警戒はしなかった。

「ご不審に思われるな。実は先月、箱根の湯で知り合いましてござる。お近づきということではないが名前だけお聞きしたのだ。やはり、お役人でしたか？」

奥村玄蕃は箱根の膳所《ぜぜ》一之進だった。

「そうでしたか、奉行所に訪ねておいでなさい」

「はッ、そのうちに……」

膳所一之進が、日比野一朗太と奥村玄蕃の名を使い分けていた。

その話を右衛門が奉行所ですると、藤九郎も甚四郎もすぐ膳所一之進を思い出した。思い当たるのは一之進しかいなかった。

この頃、日本橋で手広く古着の問屋をしている茜屋《あかねや》に食いついている女がいた。名前はお艶《つや》といったが本当はお留《とめ》という名だ。

茜屋には色男と自負している番頭の清吉《せいきち》がいた。

色白で鼻筋の通った小鼻の小さい美男子で、古着屋の看板だから女たちが小売りをしてくれと言い寄ってくる。

「いいよ。どんなのが欲しいんだい。あっしはいい女には値引きするんだ。うちの旦那には内緒だよ」

などと言われて古着の吊り下《つ》がった暗がりで、クッと抱き寄せられると女もよろっと色につまずいてしまう。

「ねえ、これ半分にして？」

「いいよ。いくらお持ちだえ？」

「一朱……」

「ほう、お宝だね。この辺りから三枚持っていきなよ。姉さんだけ特別だから内緒だよ」

キュッと手を握って腰を抱き寄せる。

「ありがとう、本当に三枚だね？」

「そうだよ。どこにお住まいなのかね？」

「牡丹長屋……」

「神田だね？」

「うん、お艶っていうの……」

「お艶さんか、お邪魔してもいいかね？」

「おいでくださいな。寂しいんだから……」

清吉に体を寄せて尻を振る。

「怖い人がいるんじゃないだろうね？」

「そんな者いませんよ。下《くだ》り酒を買っておくからさ、おいでなさいな……」

自信家の清吉の鼻の下がググッと伸びてしまう。だが、さすがに警戒して神田に足が向かない。すると、茜屋の前にお艶が現れる。

清吉に目立つよう行ったり来たりして神田に帰る。

そんなことが二、三回も続くと、清吉の方が我慢できなくなった。店じまいをすると茜屋を飛び出して神田に急ぐと、襤褸《ぼろ》長屋の奥でお艶が一杯やっている。

「遅いじゃないの……」

「御免、店が忙しくてな。なかなか出られないんだ」

「嘘《うそ》、変な女だと警戒したんでしょ？」

「そんなことないよ」

「その可愛い顔に嘘って書いてあるわよ」

そういいながら盃《さかずき》を清吉に渡し酌《しゃく》をする。

「毒だから……」

「勘弁しておくんなさいよ。折角の下り酒がまずくなる」

「ふん……」

お艶が体をぶつけてくる。

「おっとっと、こぼれちまうよ」

「もう、我慢できないんだから、いいでしょ？」

「ちょっと、もう一杯だけ……」

「嫌ッ！」

お艶が優男《やさおとこ》の清吉にのしかかって押しつぶす。こうなると自信家だけにお艶に夢中になる清吉だ。宵《よい》の口に始まり夜中から明け方まで、長屋の迷惑も考えず二人だけの狂乱の夜が過ぎる。

まだ暗いうちに清吉がフラフラと茜屋に帰って行った。

「いい女だ……」

さすがに色男もいっぺんでお艶にまいってしまった。

「あれじゃ殺されるな」

そのお艶の隣に一之進と妻のお妙《たえ》と子どもの小梅《こうめ》が住んでいた。朝の井戸端で一之進と会うと「騒々しくてごめんなさいね」と、お艶は自分の悲鳴をわかっているようでちょっと照れて挨拶する。

一之進は言葉がない。

小梅が寝ていたからいいものの、「お艶のおばちゃんが殺されるよ」などと言われたら答えようがない。

二日も経《た》つと生気をみなぎらせて清吉が現れ、待っていたお艶と早々と狂乱が始まる。

「あなた……」

お妙が怖がって一之進にしがみついてくる。

「いいのか？」

一之進が勘違いする。

「こんな時に嫌でございます」

「壁をぶち抜くか？」

「そんな乱暴な……」

お妙は、小梅が目を覚ますのも怖い。一之進は昼には日雇いの仕事をしていた。江戸はどこも忙しく力仕事ならどこにでもある。

「あなた、少し寝ませんと……」

「そうだな、こっちに来なさい」

「はい……」

仲のいい夫婦は抱き合って隣の騒ぎに耐えるしかない。

そんな日が何度か続き、ひと月半が過ぎた頃、戌《いぬ》の刻（午後七時〜九時頃）頃に一之進がフッと目を覚ました。

「隣はこんな夜中に出かけるのか？」

そう思ったが一之進はお妙を抱いて寝てしまった。

その夜、茜屋で大事件が起きた。

清吉がお艶を引き入れようと、裏木戸の閂《かんぬき》を外しておいたところから盗賊が侵入すると、番頭の清吉、主人夫婦とその子ども二人、使用人三人や小僧二人が皆殺しになった。

茜屋の十人が殺された。

一之進は明け方近くにお艶が帰ってきたのにも気づいた。

夜が明けてお艶を見た一之進は「血の臭《にお》いだ……」と、お艶の体から漂《ただよ》う殺気と血の臭いを嗅《か》ぎ分けた。

この時、一之進はまだ茜屋の事件は知らなかった。

お艶は六人ほどの仲間を束ねる女賊《にょぞく》だった。それも、狙ったところを皆殺しにする凶悪な女だ。

仕事先で茜屋の事件を聞いて、お艶がまさかそんな無残《むざん》なことをするようには思えず考え込んだ。そういう凶悪な女がいるとは聞いたことはある。

それがまさか自分と同じ長屋の隣にいるとは思えなかった。

第十六章　木馬責め

あの血の臭いは数刻前の新しい血の臭いだ。

いつものお艶らしくない殺気は只事《ただごと》ではないと感じた。武芸者として何度も感じた人の血の臭いに間違いない。

膳所《ぜぜ》一之進は仕事の帰りに北町奉行所へ回った。

門番に青木藤九郎、倉田甚四郎、島田右衛門のうち誰かいないかと聞いた。継ぎはぎの襤褸《ぼろ》浪人を門番がジロジロ見る。

「急ぐ話だが！」

「おう、確か島田さまがいるはずだ。どうぞ……」

「御免！」

奉行所の玄関に回ると、知らせを聞いた島田右衛門が出てきた。

「島田さま、皆殺しがあったそうだが？」

「そうだ。古着屋の茜屋だ！」

「そのことで急ぎ話したいことがある」

「わかった。上がれ。おぬしにお奉行が会いたがっていた。上がれ、上がれ！」

「御免……」

右衛門の案内で一之進が奉行の部屋に案内された。

「このようなむさ苦しい恰好《かっこう》でお奉行さまにお目通り、平にお許し願いたい。と言っても一張羅《いっちょうら》の礼服でござる。それがしは膳所一之進と申しまする」

ニッと微笑《ほほえ》んだ一之進の高潔《こうけつ》さが勘兵衛に伝わった。

「箱根で会えばよかったな」

「恐れ入りまする」

「お奉行、茜屋のことだそうでございます」

「ほう、今朝の事件だが、十人皆殺しにされた」

「十人も、凶悪な」

一之進が怒りを見せた。

「近所の者が店の前をうろついていた女を見ている。盗《と》られたのは帳簿からみて二百八十両ぐらいということだ」

「やはり女が？」

「やはりとは？」

「実は、そのことでまいりました。それがしの長屋にお艶という女がおります。男を引き込んで時々大騒ぎをいたします。そのお艶が昨夜出かけまして今朝戻ってきました。そのお艶と長屋の井戸で会ったのですが、女に嫌な殺気と血の臭いがまとわりついておりました」

「右衛門、三、四人でその長屋を見張れッ、手を出すな。長屋を出たら追えッ、幾松と仙太郎を走らせる！」

「はッ、一之進殿、お先にッ！」

島田右衛門が一之進に頭を下げて部屋を飛び出し、奉行所の同心を率いて大急ぎで神田に向かった。

「膳所殿、かたじけない」

「それがしの勘でござる」

「剣客の勘は鋭い。お幸、藤九郎と甚四郎はどうした」

「藤九郎さまは溜池《ためいけ》のお屋敷へまいりました。甚四郎さまはいつものお見廻《みまわ》りかと？」

「誰がいる？」

「宇三郎さまと半左衛門さまにございます」

「よし、半左衛門を呼んでまいれ。喜与、酒をくれぬか？」

「はい……」

勘兵衛は髭面《ひげづら》の好漢《こうかん》膳所一之進と一献《いっこん》やりたいと思った。しばらくするとお幸が宇三郎と半左衛門の二人を連れてきた。

重大なことだとわかったのだ。

「半左衛門、右衛門から聞いたか？」

「はい、茜屋の一件で神田の牡丹長屋に行くと？」

「うむ、茜屋を襲った女がいるようなのだ。ここにいる膳所殿が知らせてくれた」

「それはかたじけなく存じます」

「膳所一之進と申します」

「長野半左衛門でござる」

「望月宇三郎です」

「そこで、女一人を捕らえるか、泳がしておいて仲間を捕らえるかだ」

「捕らえて吐《は》かせた方が早いかと……」

「逃げられる危険があるか？」

「はい……」

「よし、女を連れて来い！」

「承知いたしました」

半左衛門は自ら女を捕らえに向かった。

「膳所殿、まずは一献……」

「恐れ入ります。ずいぶん久しぶりの酒になります」

「大きい盃がいいのかな？」

「これで充分にございます」

一之進がうまそうに酒を飲む。

「お奉行さまは、それがしが色々な名を使うので不審に思われているのではございませんか？」

「奥村玄蕃とか？」

「はい、日比野一朗太とも名乗ります」

「道場破りのためであろう？」

「はい、どこか立派な道場に通いたいのですが、このような浪人では束脩《そくしゅう》など月々の費用を払えません。そこで道場破りを考えました」

「月の費用も払わずに稽古ができる？」

「恥ずかしながらさようでございます」

「それで草鞋銭は受け取らない」

「受け取りますと強請りたかりと同じになってしまいます。痩《や》せ浪人ですが剣客としての矜持《きょうじ》がございます」

「なるほど……」

勘兵衛はこの無欲の剣士を益々気に入った。

「膳所殿は妻子をお持ちではないのか？」

「はあ、お分かりになりますか？」

「端切《はぎ》れをきれいに縫ってある。奥方の愛情がわかります」

「恐れ入ります」

「その袖の端切れは娘さんの着物かと？」

「お奉行さまには恐れ入りました。妻と娘がおります」

「娘さんはお幾つか？」

「七歳でございます。丈夫な子で助かっております」

一之進は三献まで頂戴して盃を伏せた。すると喜与が立って行った。

「仕事は何を？」

「力仕事であれば何んでも致します。江戸はどこも忙しいですから力仕事はどこにでもございます」

「そうですか……」

屈託のない一之進は顔はむさいが何んとも爽快《そうかい》な男だった。喜与が戻ってきた。

「膳所さま、このようなものしかございませんが、お子さまにお持ちいただければ有難いのですが？」

「これは？」

「この娘が着なくなった古着にございます。紙包みには飴《あめ》が入っております」

「よろしいのか？」

一之進がお幸を見る。

「はい……」

「どうぞ、お持ちください。少し大きいかと思います」

「いや、子はすぐ大きくなります。遠慮なく頂戴いたします」

「膳所殿、わしからも進呈したいものがある。喜与……」

「はい……」

立って行った喜与が持ってきたのは大きな瓢簞《ひょうたん》二つに入った酒が二升《しょう》だった。

「これは、お奉行さま……」

「箱根の湯で飲みたかった酒でござる。奥方とおやりください」

「かたじけなく、頂戴いたします」

勘兵衛はこの男なら、大名家でも大身旗本でも仕官の推挙《すいきょ》ができると思う。浪人は多いが一之進のような人材は得難い。

その頃、神田の牡丹長屋では大捕り物が行われていた。

お艶は江戸から京に高飛びするため旅支度をしていたのだ。危なく取り逃がしかねなかった。

「仲間はどこだ？」

「知らないね！」

半左衛門に不貞腐《ふてくさ》れる。往生際が良くない。

奉行所に引かれてくると秋本彦三郎がすぐ調べにかかった。お艶は強情で仲間の所在を白状しない。お艶の長屋からは一枚も小判が出なかった。お艶の懐《ふところ》からは一分金三枚と一朱金が十枚ばかり出てきた。

「お艶、そう強情を張ると拷問するしかなくなるぞ。いいのか？」

「ふん……」

「そなたは女賊だが拷問はしたくない。わかるな？」

「旦那、どんな拷問だい。女だから男とは違うのかい？」

「お艶、白状した方がいいぜ……」

「今夜、抱いてよ。牢屋で待っているからさ、いいだろう？」

「奉行所の拷問をなめちゃいけねえぜ、白状するまで止《や》めないよ。もう仲間のところには戻れないんだから白状して楽になった方がいいと思うがな」

「ふん……」

「そうか、わかった。木馬を用意しておけ……」

彦三郎はお艶が何も喋《しゃべ》る気がないのだと判断した。逃げている仲間を庇《かば》う必要などないはずなのだ。逃げ損なったお艶の意地なのだろう。

白状しないのは、仲間の逃げる刻《とき》を稼いでいるように見えた。

お奉行に拷問の許可をもらうしかない。

「夜まで白状しないで仲間を逃がすつもりだろうと見ました。女ですが拷問のお許しを願います」

「拷問？」

「はい、一刻も早く白状させて仲間を捕らえたいと思います」

「女は木馬か、駿河問状ではあるまい？」

「木馬にします」

「茜屋のことを考えれば木馬も仕方ないか？」

「はい、十人も殺されました。せめて二百八十両を取り戻したいと思います」

「そうか、いいだろう。但し、殺すな」

「はい、仲間の居場所を白状させるだけにします」

秋本彦三郎が戻ってくるとお艶の拷問が始まった。

「お艶を裸にしろ！」

「旦那！」

「うるさいッ、木馬に跨《またが》らせろ！」

「痛い、痛いよ、旦那！」

「天井から吊るした縄で左右の手を縛れ！」

「痛いんだよッ、旦那ッ、壊れるッ！」

「まだ喋る気にならないか？」

「旦那ッ、裂《さ》けるよッ！」

「木馬を揺らせッ！」

「痛い、痛い、痛い！」

悲鳴を上げ、叫びながらもお艶は強情だった。

木馬責めの痛さ苦しさに耐えるのは並大抵ではない。お艶の仲間に逃げられることを危惧《きぐ》する彦三郎は容赦しない。

わずかな刻の差で悪党どもに逃げられる。もう、容赦できないギリギリだとこれまでの勘でわかる。

悪党どもの逃げ足は速い。

「足に石を吊るせッ！」

「旦那、わかった。わかった。言うから下ろしてッ……」

「そのままで言えッ！」

「痛い、痛い、裂けるよ」

「石を吊るして、木馬を揺らせッ！」

「わかった。わかったッ、巣鴨村の盗人宿《ぬすっとやど》だ！」

「盗人宿、元造か？」

遂に、お艶がコクッとうなずいて落ちた。

「下ろしてやれッ！」

「急げッ、死んじゃうぞ！」

白い肌のお艶に群がる獄卒《ごくそつ》のように牢番たちが急いで木馬から降ろす。

彦三郎は勘兵衛の部屋に急いだ。

「お奉行、盗賊は巣鴨村の元造の百姓家です！」

「元造は越後だと聞いたぞ。そうか、百姓家が残っていたか。みな捕らえて百姓家は燃やしてしまえ！」

「承知しました！」

奉行所から同心と捕り方二十人ばかりが一気に巣鴨村に走った。盗賊一味はお艶が現れないのでイライラして待っている。

旅支度をして中山道を京まで逃げるつもりでいた。

そこに突然、奉行所の役人と捕り方が殺到して全員捕縛した。

勘兵衛の命令通り暗い中で百姓家に火が放たれ、たちまち白煙、黒煙を噴き上げてもうもうと燃え上がった。

捕り方が十人ほど残って延焼しないように見張っている。

六人の盗賊は奉行所に連れてこられ二百八十両は無事に戻った。

女の拷問は無残である。

木馬から降ろされたお艶は、立つこともできず血だらけで、すぐ医師が呼ばれて治療する騒ぎになった。だが、お艶の命に別状はなかった。

「半左衛門、茜屋の方は調べが終わったか？」

「はい、終わりましてございます。閂を壊した形跡はなく、中から賊を呼び入れたものと思われます」

「呼び入れた者が他にいるということか？」

「いいえ、番頭の清吉が色のお艶を呼び入れたつもりが、一緒に賊を呼び込んでしまったという話のようです。お艶に問えばはっきりするかと思います」

「清吉は愚かな男だな？」

「はい、お艶の色香に溺れた結果だと思います」

何んとも間の抜けた話だが一之進の勘が的中して、わずか一日で大事件が解決したのは大きな成果だった。

その一之進に勘兵衛は褒美に三両ほど出そうと思ったが、おそらく受け取らないだろうと考え、少しでも割のいい仕事を紹介することにした。

両替商三河屋七兵衛《みかわやしちべえ》の用心棒や、塩問屋上総屋島右衛門と鬼屋長五郎の仕事など一之進にあう仕事はいくらでもある。

その上、時々奉行所の道場に来れば、道場破りをしなくても藤九郎や文左衛門のように強い剣士が奉行所にはいる。

勘兵衛は一之進の奉行所への出入りを許した。

良かったのは、筆頭与力の半左衛門が一之進を気に入って、親父のように世話を焼くようになったことだ。

「一之進、その襤褸を脱げ、わしの着物をやる！」

家から自分の着古しを持ってきて道場で着替えさせる。半左衛門に叱られるとお妙の愛情が張り付いた襤褸をしぶしぶ脱ぎ捨てる。

半左衛門が他の同心と同じように扱うものだから、一之進もいつの間にか同心のような恰好になってきた。

人柄がいいというのは得なもので娘さんの小梅にやってくれとか、奥方の妙殿にあげてくれと毎日のように貰《もら》い物がある。その上、一之進が働き者だから生活もみるみる楽になった。

そんなある日、塩問屋上総屋の仕事が遅くなり、暗くなって神田に戻る途中で殺気を感じて警戒した。

そこに辻斬りがいきなり斬りつけてきた。

相手が剣客膳所一之進では斬りつける人を間違えた。

辻斬りの一の太刀を交わして一之進が素早く太刀を抜いた。

初太刀で斬れないようでは、明らかに剣の腕は一之進とは比べようもない。

捕らえようかと思ったが暗がりで相手がわからず、返り討ちに斬り捨てた方がいいと思った。

捕らえてもし身分のある者なら厄介なことになる。

咄嗟《とっさ》に一之進は中段に構えて辻斬りとの間合いを詰めた。月明かりも星明かりもない。黒い影だけが動いている。

「シャーッ！」

先《せん》の先《せん》で一之進が踏み込んで辻斬りの胴を抜いた。あまりに腕が違い過ぎる。

剣は剣先の瞬息にある。

「ウグッ！」

うめくような悲鳴で辻斬りが道端に倒れた。深々と手ごたえがあった。一之進は懐紙《かいし》で太刀を拭うと鞘《さや》に納めて奉行所に向かった。

奉行所には与力、同心が数人しか残っていなかった。

「倉田さま、この先で辻斬りを斬り捨てました。どなたかに検分願いたいのだが？」

「どのような辻斬りでした？」

「腕は未熟、星明かりもなく何も見えませんでしたが、捕らえても厄介になると考え斬り捨てました」

「それで結構です。お奉行に知らせてまいります」

勘兵衛はまだ宵の口で起きていた。煙そうな喜与を相手に、自慢の銀煙管《ギセル》でうまそうに煙草《たばこ》をふかしている。

「どうした甚四郎？」

「膳所殿がこの近くで辻斬りを斬り捨てたので、検分してもらいたいと来られましたので行ってまいります」

「うむ、辻斬りか、いつものように遺骸はもうないだろうよ」

「そう思いますが痕跡《こんせき》を確かめてまいります」

「二、三人連れて行け……」

「はッ！」

倉田甚四郎、木村惣兵衛、大場雪之丞の三人が、一之進と辻斬りの現場に走った。やはり、いつものように遺骸はなく誰かに引き取られたようだ。

道には大量の血痕《けっこん》が残っていた。

「ここですな？」

「死体がない……」

「膳所殿、辻斬りの多くはこのようになります。遺体が残るのは引き取り手のない場合のみです」

「身分のある者ですか？」

「おそらくそうです。刀の試し斬りが多いようです。腕試しはそう多くありません。困るのはただ斬りたいという狂気です」

「なるほど……」

「他には千人斬ると死病が治るなどというのも困ります」

「それは聞いたことがあります」

相変わらず江戸は辻斬りが多かった。それは乱世が終焉《しゅうえん》したという証《あか》しともいえる。

この頃、時蔵一味の動きは止まっていた。

京の東山、高台寺の傍《そば》で暮らす小雪は、いつも時蔵の帰りを待っている。

この東山に住んでいるのは、祖母のマグダレーナ和草が秀吉の妻お寧に仕えて、高台寺の中に住んでいたからだ。

寺に行けばいつでも祖母に逢うことができた。

母のジュスタ菊は堺に住んでいた。小西家は京や堺の豪商で、今は亡き祖父の小西ジョウチン隆佐は京の南蛮寺の建立などに尽力した人だ。

大阪城の豊臣秀頼と家康は必ずしもうまくいっているわけでない。いつでも一触即発の緊張した中にある。家康に遠慮して大名たちはほとんど大阪城に近づかない。

だが豊臣恩顧の大名がいなくなったわけではなかった。

時蔵はそんな世の動きを敏感に感じ取っていた。今、戦いになれば豊臣家と徳川家はほぼ五分だと思っている。

そのために家康は大阪城に手を出さない。

勝てるとわかれば必ず家康は大阪城に押し寄せてくる。それが時蔵こと伊織のつかんでいる感触だった。
その時こそ勝負だ。

満月の奏

一〇〇字書評

切り取り線

購買動機（新聞、雑誌名を記入するか、あるいは○をつけてください）	
□（　　　　　　　　　　　）の広告を見て	
□（　　　　　　　　　　　）の書評を見て	
□ 知人のすすめで	□ タイトルに惹かれて
□ カバーが良かったから	□ 内容が面白そうだから
□ 好きな作家だから	□ 好きな分野の本だから

・最近、最も感銘を受けた作品名をお書き下さい

・あなたのお好きな作家名をお書き下さい

・その他、ご要望がありましたらお書き下さい

住所	〒				
氏名		職業		年齢	
Eメール	※携帯には配信できません			新刊情報等のメール配信を 希望する・しない	

この本の感想を、編集部までお寄せいただけたらありがたく存じます。今後の企画の参考にさせていただきます。Eメールでも結構です。

いただいた「一〇〇字書評」は、新聞・雑誌等に紹介させていただくことがあります。その場合はお礼として特製図書カードを差し上げます。

前ページの原稿用紙に書評をお書きの上、切り取り、左記までお送り下さい。宛先の住所は不要です。

なお、ご記入いただいたお名前、ご住所等は、書評紹介の事前了解、謝礼のお届けのためだけに利用し、そのほかの目的のために利用することはありません。

〒一〇一-八七〇一
祥伝社文庫編集長　清水寿明
電話　〇三（三二六五）二〇八〇

祥伝社ホームページの「ブックレビュー」からも、書き込めます。
www.shodensha.co.jp/bookreview

祥伝社文庫

初代北町《しょだいきたまち》奉行《ぶぎょう》　米津勘兵衛《よねづかんべえ》　満月《まんげつ》の奏《そう》

令和 3 年 6 月 20 日　初版第 1 刷発行
令和 5 年 3 月 10 日　　　　第 2 刷発行

著　者　岩室忍《いわむろしのぶ》
発行者　辻　浩明
発行所　祥伝社《しょうでんしゃ》
東京都千代田区神田神保町 3-3
〒 101-8701
電話　03（3265）2081（販売部）
電話　03（3265）2080（編集部）
電話　03（3265）3622（業務部）
www.shodensha.co.jp

印刷所　堀内印刷
製本所　ナショナル製本
カバーフォーマットデザイン　中原達治

本書の無断複写は著作権法上での例外を除き禁じられています。また、代行業者など購入者以外の第三者による電子データ化及び電子書籍化は、たとえ個人や家庭内での利用でも著作権法違反です。
造本には十分注意しておりますが、万一、落丁・乱丁などの不良品がありましたら、「業務部」あてにお送り下さい。送料小社負担にてお取り替えいたします。ただし、古書店で購入されたものについてはお取り替え出来ません。

Printed in Japan ©2021, Shinobu Iwamuro

ISBN978-4-396-34736-9 C0193

祥伝社文庫の好評既刊

岩室　忍
信長の軍師
巻の一　立志編

誰が信長をつくったのか。信長とは、いったい何者なのか。歴史の見方が変わる衝撃の書、全四巻で登場！

岩室　忍
信長の軍師
巻の二　風雲編

吉法師は元服して織田三郎信長となる。さらに斎藤利政の娘帰蝶を正室に迎え、尾張統一の足場を固めていく……。

岩室　忍
信長の軍師
巻の三　怒濤編

今川義元を破り上洛の機会を得た信長。だが、足利義昭、朝廷との微妙な均衡に信長は最大の失敗を犯してしまう…。

岩室　忍
信長の軍師
巻の四　大悟編

武田討伐を断行した信長に新たな遺恨が……。志半ばで本能寺に散った信長が、戦国の世に描いた未来地図とは？

岩室　忍
天狼　明智光秀
信長の軍師外伝　㊤

光秀と信長、同床異夢のふたりを分けた天の采配《さいはい》とは？　その心には狼が眠っている――明智光秀衝撃の生涯！

岩室　忍
天狼　明智光秀
信長の軍師外伝　㊦

なぜ光秀は信長に弓を引いたのか。臨《りん》済《ざい》宗の思惑と朝廷の真意は？　誤算ある結末に、光秀が託した〈夢〉とは！

祥伝社文庫の好評既刊

岩室 忍
家康の黄金 信長の軍師外伝
三河武士には無い才能で、家康に莫大な黄金をもたらせた、武田家旧臣の大久保長安。その激動の生涯を描く！

岩室 忍
本能寺前夜〈上〉 信長の軍師外伝
応仁の乱以降、貧困に喘ぐ世に正親町天皇は胸を痛めていた。大納言勧修寺尹豊は信長を知り、期待を寄せるが……。

岩室 忍
本能寺前夜〈下〉 信長の軍師外伝
上杉謙信亡き後、勧修寺尹豊は信長の行動を朝廷との訣別ととらえる――公家が見た信長を描く圧巻の書。

岩室 忍
擾乱《じょうらん》、鎌倉の風（上） 黄昏《たそがれ》の源氏
北条らの手を借り平氏を倒した源頼朝は鎌倉に武家政権を樹立、全国に守護、地頭を置き朝廷と並ぶ力を得る。

岩室 忍
擾乱《じょうらん》、鎌倉の風（下） 反逆の北条
頼朝の死後、北条政子、義時らは坂東武者を次々に潰す。執権として政権を奪うと、遂に源氏滅亡の奸計に動く。

岩室 忍
初代北町奉行 米津勘兵衛①
弦月《げんげつ》の帥《すい》
家康直々に初代北町奉行に任じられた米津勘兵衛。江戸創成期を守り抜いた男を描く、かつてない衝撃の捕物帳。

祥伝社文庫の好評既刊

岩室 忍
初代北町奉行 米津勘兵衛②
満月の奏《そう》

〝鬼勘〟と恐れられた米津勘兵衛とその配下が、命を懸けて悪を断つ! 本格犯科帳、第二弾。

岩室 忍
初代北町奉行 米津勘兵衛③
峰月《ほうげつ》の碑《ひ》

激増する悪党を取り締まるべく、米津勘兵衛は〝鬼勘の目と耳〟となる者を集め始める。

岩室 忍
初代北町奉行 米津勘兵衛④
雨月《うげつ》の怪《かい》

江戸に大鳥逸平という途方もない傾奇者が現れる。しかも、勘兵衛の息子が仲間と発覚、家康の逆鱗に触れ……。

岩室 忍
初代北町奉行 米津勘兵衛⑤
臥月《がげつ》の竜《りゅう》

豊臣家を討ち勝利に沸く江戸には多くの人々が上方から流入してきた。勘兵衛は更なる治安の維持を模索する。

岩室 忍
初代北町奉行 米津勘兵衛⑥
荒月《こうげつ》の盃《はい》

十万両を盗んだ大盗の頭が足を洗うと宣言。その証拠に孫娘を北町の同心の嫁に差し出してきたのだが……。

岩室 忍
初代北町奉行 米津勘兵衛⑦
城月の雁《がん》

盗賊を尾行するも、家族を人質をとられ追跡を断念した北町奉行所。勘兵衛は、一味の隙にくさびを打ち込む。